そし
The two girls take up
arms on the
園の戦場。
りは、
をとった
AUTHOR
鴉ぴえろ
ILLUST.
みきさい

セスカ・コルネット
武器：槍　得意な型：牙
都市の外に憧れて巫子を目指す少女。天才肌で誰からも期待されているものの、本人は都市そのものに飽いて無気力になっている。夢や情熱に一直線なレーネに親愛と期待を抱いている。
レーネ・トレニア
武器：双剣　得意な型：鱗
竜都を守るために巫子を目指す少女。努力家でひたむき。誰かのために一生懸命で、他人の幸せに心から微笑むことが出来る。クールで素質を持つセスカに羨望を抱いている。

ルルナ・エルガーデン
武器：扇　得意な型：変化
都市の為政者であるエルガーデン家の令嬢。家の命令で巫子になることを強いられている。普段はふわふわした印象でつかみどころがないが、実際はどこまでも冷めている少女。
ジョゼット・ファルナ
武器：直剣　得意な型：爪
名家である実家のため、巫子を目指す少女。文武両道で自他共に厳しい委員長タイプ。他人からは当たりが強いと思われるが、内心では可愛いものや無邪気なものに憧れている。

「今日も勝てなかったよ〜」

ルームメイト
ふたりきりの着替え
「これで私の89勝0敗ね」
「なにをぉ～」

「――試合、開始！」
宣言が下されたのと同時に私は地を蹴り、
息をするように纏いなれた鱗で全身を覆う。
セスカも既に牙を放つ態勢になっている。
油断はない、様子見もない。
あちらも最初から全力だ――！
巫子決定戦、決勝。

「レーネエ！」
「セスカア！」

CONTENTS

The two girls take up arms on
the battlefield of arcadia where their wishes overlap.

想いの重なる楽園の戦場。そしてふたりは、武器をとった

鴉ぴえろ

ファンタジア文庫

3226

口絵・本文イラスト　みきさい

想いの重なる楽園の戦場。

そしてふたりは、武器をとった

The two girls take up arms on the battlefield of arcadia where their wishes overlap.

AUTHOR
鴉ぴえろ
ILLUST.
みきさい

序章　はじまりの歌

ここは千年都市。竜に守られた永久《とわ》の都♪

今日も幸福な一日が始まるよ♪　今日も、明日も、明後日《あさって》も♪

さぁ、豊かな日々に笑い、踊って暮らそう♪

守護竜様に歌おう♪　感謝の歌を、喜びの歌を♪

ここは千年都市、竜の都ルドベキア♪　私たちの楽園さ♪

――ルドベキアの都歌より

私にとって子守歌であり、夢を目指すための切っ掛けがルドベキアの都歌だった。

「飽きないね、レーネも」

私が陽気に歌を口ずさんでいると親友であるセスカが呆《あき》れたように言った。

セスカは紺碧《こんぺき》色の髪に紫水晶のような瞳を持つ少女だ。私と同い年なのに落ち着いていて、どこか大人びている。

その態度が冷めたようにも感じると言われることもあって、友達が少ない。

なので親友である私と一緒に行動することが多くて、今日もそんな日だった。

「良《い》い歌じゃない！　何度歌ったって飽きないもんね！」

「流石《さすが》に毎日聞いていたら飽きるでしょう？」

「飽きませんーー！」

肩を竦《すく》めながら言うセスカに私は頬を膨らませてしまう。

現実主義者の親友はこれだから嫌みな人に思われるのだ。可愛《かわい》げがない！

「セスカはすぐに面倒臭がるから良くないんだよ」

「はいはい、お説教なら結構よ。そんなにぷんすかしていると、また泣いちゃうわよ？

泣き虫レーネちゃん？」

「泣き虫じゃないもん！　意地悪セスカ！」

「本当？　そんな泣き虫で守護竜様の巫子《みこ》になんかなれるの？」

「うがーっ！　もう許せない！　そこに直れー！　今日こそ成敗してやる！」

「あら、今のところ全戦全敗なレーネちゃんがよく吼《ほ》えるね？」

「ぐ、ぐぬぬぬーっ！　昨日までの私だと思うなよーっ！」

「それは見物ね」

私が両手に構えるのは剣を摸《も》した木の棒を二本。そしてセスカが構えたのは槍《やり》に見立てた長い棒だ。

悔しいことにセスカは槍の扱いがうまい。なので同じ槍を使っても勝ち目はないし、かといって剣一本では防ぐだけで精一杯どころか、すぐに圧倒されてしまう。

そして私が辿《たど》り着《つ》いたのは、この双剣だった。これなら手数を稼いでセスカに攻め込むことが出来る！　……まぁ、まだその成果は出た訳じゃないんだけど。

互いに手にした武器で構えを取って睨《にら》み合《あ》う。仕掛けたのは私から。セスカの懐《ふところ》に入ろうと飛び込むけれど、私を近づけまいとセスカが槍を振るう。攻め倦《あぐ》ねている私を楽しそうに見つめているセスカに、私は喰《く》らい付くように剣を振るう。

「私を倒せないようじゃ守護竜様の巫子には選ばれないよ？　ほら、そこ！」

鋭く刺すような一撃、危うく手に持っていた剣を弾《はじ》き飛《と》ばされるところだった。

息を整える私とは対照的に、セスカは涼しげに構えを取り直している。セスカは性格が悪いけれど、その実力は同年代どころか大人にも匹敵する。

だからこそ、私はセスカを超えたい。

私たちが住まう都市は竜都ルドベキア。都市と同じ名を持つ守護竜ルドベキア様、その意思を聞き届ける代理人が巫子だ。

巫子はこの都市の中で最も強くて尊ばれるべき人だ。私たちが今もこうして穏やかな生活を送ることが出来るのも守護竜様と巫子がいてこそ。

その巫子に選ばれるのには、守護竜様の力を預かることが出来る適性と、その力を振って代行人となれる実力が必要だった。

少なくともセスカを超えないと私の夢は叶《かな》わない。だから今日も私はセスカに挑むのだ。

彼女の実力を知るために、その実力を超えるために。

……今のところ、私の全敗なんだけどね！　容赦ないんだよ、セスカは！

「まだ続けるの？　レーネ」

「当然！　私は絶対に夢を叶えるんだから！」

「夢ねぇ……そんなに巫子ってなりたいものなの？」

セスカが呆れたような口調で構え直しながら問いかけてくる。それに息を整えながら私は自分の思いを確かめる。

巫子になりたい理由、それは私が幸せだからだ。毎日お腹《なか》いっぱい食べることが出来て、皆が笑っていられる。皆が笑っていると私も嬉《うれ》しい。

そんな都市が維持されているのも守護竜様と巫子のお陰。なら、私だってそうありたいと思った。

誰もが喜びの声を上げながら、祭りの挨拶で顔を出した巫子様を迎えていた。そんな私たちに手を振ってくれた巫子様の姿に、私もそうありたいと思ったから。

「巫子は私の憧れだからね！」

「そう。……そこまで熱心に頑張れるのは、ちょっと羨ましいかもね」

一瞬、セスカがどこかいつもと違うような雰囲気だったのは気のせいだろうか。思わず首を傾《かし》げながら問いかけてみたけれど、その時にはもういつものセスカだった。

「何でもないわよ。ほら、今度は私から攻めるわよ！　巫子になりたいんだったら、私を倒すことね！」

「それ、悪者のセリフだよぉ！」

まるで何かを振り切るようなセスカの鋭い一撃の数々を辛《かろ》うじて受け止める。

正直言って苦しい。セスカとの実力差を感じる度に諦めてしまった方が楽になれると囁《ささや》く自分がいる。

「――それでも！」

この憧れを捨てる理由にはならないから。だから私は今日も高みを目指すのだ。

始まりの歌を歌う。私の決意と、夢の始まりを定めた歌を。そして幸福な日々は過ぎていくのだ。

第一章　幸福な日常

「また寝坊するわよ？　レーネ」

「ふがっ？　んーっ⁉」

気持ちよく眠っていると、鼻を摘まれて塞がれる。

その勢いで飛び起きて、目の前の相手を私は睨み付《つ》けた。

「セスカ！　普通に起こしてってば！」

「起きないんだから、仕方ないでしょう。早く支度しないと朝食に遅れるわよ？」

「嘘《うそ》ッ⁉　もう、だったらもっと早く起こしてよぉ！」

「レーネは注文が多いわね」

肩を竦めて呆れたように溜《た》め息《いき》を吐《つ》くセスカ。その顔は明らかに楽しげで私をからかっているのがわかってしまう。

そんなセスカに苛立《いらだ》ちを覚えながらも、私は飛び起きるようにベッドから飛び出した。

慌てて寝間着を放り捨てるように脱いで、急いで着替えを終える。

身だしなみを確認するため、鏡を見る。鏡に映るのは見慣れた自分の顔。実った麦のような金髪にオレンジ色の瞳、寝癖が付きにくいサラサラの髪はちょっとした自慢だ。

その髪をお気に入りのリボンで二つに結んで纏《まと》める。いつもの髪型になったのを確認して、私はセスカへと向き直った。

「セスカ！　お待たせ！」

「はいはい、自分から起きてくれるなら面倒がないのだけどね」

セスカが手を軽くヒラヒラと振りながらそう言った。

さっきまで夢で子供の頃の彼女を見ていたせいか、十五歳になった彼女は更に大人びたようにも見える。こうして同室で過ごすようになってから十年近く経《た》っていたんだなと、改めて時の流れを感じてしまう。

「懐《なつ》かしい夢を見たんだよ。セスカと一緒に秘密の場所で自主稽古してた頃の夢！」

「それっていつの話？　レーネが負ける度に悔しくて泣いてるのはいつものことだし」

「泣いてないし！　勝手に記憶を捏造《ねつぞう》しないで！」

「はいはい」

セスカといつものやり取りをしながら私たちは食堂へと急ぐ。既に私たちより先に朝食をとっている人たちで賑《にぎ》わっている中、自分たちの分を受け取って席を探す。

「出遅れると席に座るのも一苦労なのよね。これもどっかのお寝坊さんのせいだわ」

「自分も困るなら早く起こしてくれてもいいじゃない！」

席を探しながら隣で文句を言ってくるセスカに抗議するも、どこ吹く風だ。

足を踏んでやろうかと思ったけれど、朝食を載せたトレイを運んでいる途中だ。ご飯を無駄にするのは許されない。あと、仕返しされるのも怖い。

少し歩いて、ようやく二人で並んで座れる席を見つけて腰を下ろす。

「それにしても、あっという間だったね」

「急に何？」

「だって、明日には巫子の最終選考が行われるんだよ？」

私たちが生活している場所は巫子を育てるための養育施設。ここは守護竜様の力に満ちている聖域の中に建てられている。ここで生活して訓練を積むことで巫子としての適性を高め、守護竜様の代行者として相応《ふさわ》しい力を身につけるのが目的だ。

巫子がいつ代替わりしても良いように門戸が開かれていて、この都市で育つ子供は幼少期をここで過ごすのがほとんどだ。

「私たちの世代は聖域に残った子の方が多かったよね」

「巫子の代替わりが近いんだもの。当然でしょ」

私たちと同世代の子たちは巫子の代替わりが近かったので、巫子になるチャンスを掴《つか》むために残る子が多かった。

巫子の代替わりがなかったら最低限の教育が終わった後に出て行く子が多いけれども、私たちは特別な時期に巡り合ったことになる訳だ。

そして巫子に選ばれるのは十五歳までという決まりがある。理由は巫子の力は十五歳までが伸び盛りで、それ以降は緩やかに力が落ちていくから。

守護竜様から授かる力の性質がそういうものらしい。だから十五歳を過ぎると衰えが止められないし、訓練を止《や》めればあっさりと力をなくしてしまうんだとか。

その唯一の例外が巫子であり、巫子は守護竜様から直接力を授けられるようになるから力が衰えないと授業で教わった。

「振り返れば辛《つら》いことも多かったね……」

「巫子の代替わりが近いと、例年よりも厳しくなるとは聞いていたけれどね」

「本当にね……」

聖域での日々を振り返ると、思わず憂鬱な溜め息が出てしまいそうになる。

私が施設に入ったのは七歳。そして、私は今の十五歳までここにいる。その間、巫子になるという夢を叶えるため、厳しい訓練を乗り越えてきた。

「まぁ、私はレーネほど苦労はしてないけれど」

「うわ、むかつく言い方！　流石《さすが》、成績最優秀者と言われるセスカさんは違いますね？」

「事実だから」

「むーかーつーくーっ！」

「まぁ、今の時点で最優秀と言われてもね。結局は選定の儀の結果次第。成績上位四名による選考試合を行って勝ち残った人が巫子《みこ》になれる。わかりやすいよね」

セスカが告げた言葉に私は思わず表情を引き締めた。

選定の儀。それは次の巫子を決めるための儀式で、候補生の中で成績が良かった四人までを選別して、その四名で競い合って誰が一番優秀な候補なのかを決める。

何を隠そう、その上位四名の成績優秀者の中に私とセスカが入っているのだ！

「軽く言うけどさぁ……本当に緊張とは無縁だよね、セスカは」

セスカは巫子としての能力も高いし、頭だって良《い》い。現実主義者で考え方もしっかりしているし、人の上に立つ器はあると思う。

実際、セスカを次の巫子に推す声は多かったりする。セスカの顔を見ながらそんなことを考えていると、セスカが鼻で笑った。

「じゃあ、レーネが緊張しているのは四人の中でもビリだから？」

「うがーっ！　候補には残ってるんだから私だって凄《すご》いんですーっ！」

私も最終選考には残ったけれど、成績は四番目。候補の中では一番順位が低い。

それでも最終候補には残ったんだよ！　私が悪いんじゃなくて、上が凄すぎるだけなの！　特にこの目の前に座っているいけすかない親友とか！

「はいはい。何にせよ、今日は何もないんだから好きに過ごしましょう」

「そうだね……」

明日には四人が戦う最終選考が待っているので、今日は訓練もなしで休みだ。皆、それぞれ明日のための時間を過ごすのだろうと思う。

「セスカはどうするの？」

「そうね……それなら気晴らしに一緒に出かける？」

「気晴らしか……そうだね、それも大事だ」

「じゃあ、そういうことで。……ご馳走様《ちそうさま》」

「……ん？」

ふと、私はセスカが両手を合わせたのを見て訝《いぶか》しげな表情を浮かべてしまう。

セスカの朝食はいつのまにか綺麗《きれい》になっていて、セスカがちらりと私に視線を向けた。私の朝食はまだ半分以上、残ってしまっている。

「……先に用意しに行っていい？」

「ダメに決まってるでしょ！　もう、いつの間に食べきったの⁉」

「隣で食べてたでしょ」

「なんかむかつく！　あっ、ちょっと置いてかないでよ、セスカってば！」

「じゃあ早く食べなさい？　見ててあげるから」

「むきーっ！　むかつくー！　あと食べてるところを見るなーっ！」

私は憤慨しながらも猛然と朝食をとり始める。その間、セスカは頰杖《ほおづえ》をついて楽しげに私を見つめているのであった。本当にむかつくんですけど！

＊　＊　＊

朝食をとった後、私はセスカと一緒に街に出るために聖域を後にした。街はすぐ側《そば》で、見慣れた景色を歩きながら背筋を伸ばす。

「聖域から出ると、やっぱりなんとなく外に出てきたなー、って感じがするよね」

「そう？」

「そうだよ！　ほら、空気が違うんだよ、空気が！　やっぱり聖域というからには、あそこには守護竜様のありがたい気配というかね、そういうのが満ちていると私は思うの」

「ふーん。相変わらず夢見がちというか、なんというか……子供っぽいよね？」

「ちょっと、たまには真面目に人の話を聞こうって思わないの⁉」

「だって、もう何回も聞いたから」

「毎回セスカが本当に聞いてるかどうかもわからない態度を取るからでしょ⁉」

セスカとじゃれ合いながら歩いていると、街の人たちの姿が見えてきた。皆、私たちを見ると気さくに手を挙げて挨拶をしてくれる。

「おはよう、レーネちゃん、セスカちゃん！　明日の最終選考、頑張るんだよ！」

「まさかセスカだけでなくレーネも候補に残るとはなぁ……そうか、そうか……」

「あっ、レーネお姉ちゃんだ！　セスカお姉ちゃんもいるぞ！」

おばさんにお爺《じい》さん、そして子供たち。誰もが明るく声をかけてくれる。ルドベキアに生まれた人たちは都市から出ないから顔見知りの人たちばかりだ。

皆、幸せそうだ。そんな様子に私は自然と口元が緩んでしまう。すると隣を歩きながら会釈《えしゃく》だけしていたセスカが声をかけてくる。

「そんなに楽しい？　街を歩いてるだけなのに」

「楽しいというより、嬉《うれ》しいかな。今日も平和だなー、って」

「それはそうね。今日も何事もなく平和そう」

セスカは淡々とそう言った。私は平和な光景を見ると嬉しくなってしまうけれど、セスカにとっては退屈に映るのかもしれない。

それには少しだけ、寂しいと思ってしまう。気を取り直すように首を左右に振ってからセスカに問いかける。

「街に出てきたけれど、どこか行きたい場所はある？」

「レーネが行きたい場所から回っていいよ。私の行きたい場所は最後でいい」

「そう？　とはいっても、私も特にないかな……ご飯も食べた後だし、買い食いって気分でもないし。セスカはどこに行きたいの？」

「私たちが集まるって言ったら、あそこしかないでしょ？」

セスカにそう言われて、私は改めて理解した。セスカが言っているのは私たちが聖域に入る前に二人で自主稽古をしていた場所のことだ。入り組んでいて、ちょっとした秘密基地と言える場所だ。

私たちが聖域に入った後も気晴らしと自主訓練を兼ねて、セスカと二人で行っていた。

「じゃあ最初に行こう！　特に街を巡る理由もなかったし」

「いいの？」

「うん。……それに今日は訓練がなかったから、少し身体《からだ》を動かしたいなって」

私がそう言うと、セスカが私の顔を見てから微笑を浮かべた。私もセスカに笑みを返して、示し合わせたように私たちは同じ方向へと向かって歩き始める。

私たちの秘密基地は、都市と外を隔てている壁のすぐ内側だ。街を囲う崖の近くなので偶《たま》に石が落ちて来る。だから子供たちは近づいてはいけないと言われていた場所だ。

「……案外、私たちの他に誰も来ないものだね。人が来た痕跡がないや」

「ここに来るような酔狂な子供も私とレーネぐらいだってことでしょう」

軽く呆《あき》れたようにセスカがそう言う。けれど、その後すぐに懐《なつ》かしそうに眼《め》を細めた。

「……でも、私はこの場所でレーネと出会ったのよね」

「そうだね……」

本当に懐かしい話だ、と私はセスカと出会った時の思い出を振り返る。

私たちが出会ったのは五歳の頃。この秘密の場所へと一人で向かおうとしていたセスカの背中を追ったのが私たちの出会いのキッカケだった。

この場所で遠い空を見上げて、そのまま都市の外まで行ってしまいそうなセスカの手を私が摑んで連れ戻そうとしたんだ。

「今でも昨日のことのように思い出せるわ。突然、手を引っ張って怒ってくるのだから、なんとなくムカついて貴方《あなた》のことを泣かせたのよね」

「あれは酷《ひど》かった……本当、セスカが容赦ないのは昔からだよね」

「それでも、貴方は泣きながらも私の手を掴もうとしたよね。行っちゃダメだって」

セスカはクスクスと笑いながらそう言った。セスカは笑っているけれど、私は微妙な表情になっているだろう。あの時はセスカを外に出してはいけないと必死だったのだ。

今では親友と呼べるけれど、振り返ってみれば私とセスカの出会いは割と最悪だった。互いに売り言葉に買い言葉、互いの足を踏み合い、掴み合いにまでなって私が泣かされた。それでも私はセスカと掴み合うのを止めなかった。

諦めの悪い私にセスカが根負けして、それから私たちの関係が始まった訳だ。しみじみと過去を思い出していると、セスカが私の方を見て問いかけてきた。

「今、もし私が外に出たいと思ったら……レーネは私を引き留める？」

「うん。セスカが外に出たいって言っても、あの日と同じようにセスカを止めるよ。付き合いも長くなったし、セスカが外に憧れてる気持ちは知ってる。それでも外の世界を知りたいっていうなら守護竜様の巫子になるしか、外の世界を知る手段がないしね」

都市の平穏を守るため、私たちは都市の外に出るようなことは許されない。理由を尋ねると外の世界には危険がいっぱいだから、と大人たちは言う。

でも、大人たちだって外に出たことはない筈《はず》だ。もしかすると大人たちだって外に出てはいけない理由をちゃんと知っている訳ではないのかもしれない。

だからこそ知りたい、そう思ってしまうのも自然なことかもしれない。そして、外の世界を知るなら守護竜様の巫子にならなければならない。

でも、だからって私はそのために巫子になるのは……何かが違うと思ってしまう。

だから私はセスカを止めようとしてしまうんだろう。そう思っているとセスカが穏やかに微笑《ほほえ》みながら私を見ていることに気付いた。

「昔から貴方は変わらないわね、泣き虫レーネ」

「やめてよ、その昔の呼び方……」

「そう？　私は嫌いじゃないよ。だってレーネが泣き虫なのは、自分のためにじゃなくて誰かのために泣いてる人なんだから。喧嘩《けんか》して泣かせた相手なのに、危ないから外に出るなんて考えちゃダメだって、私の手を摑《つか》んでたよね」

「あ――――っ！」

思わず耳を塞いで大声を出す。そんな恥ずかしい話を掘り起こさないで欲しい！　自分で思い出す分には良いけれど、他人に指摘されるのは背中がむず痒《がゆ》くなってしまう。

「良いところが変わってないのは良いじゃない。……私も、あの頃と変わらないままだけれどね」

ぽつりと、セスカは空を見上げながら呟《つぶや》いた。その姿はまるで、今にも空に吸い込まれてしまいそうに見える。

「毎日幸せなのに、何も変わらない。それは良《い》いことなのに、変わらないことがつまらなくて世界に飽きてる。この日常が当たり前すぎて、大事なものだと私は思えてない」

「セスカ……」

「ここに来たのも外に出る道を探したかったから。ただ外に出たいのか、変わらないことが苦痛だったのか、それを確かめたかった。そんな時にレーネと出会った」

「そうだね……」

「私はあの頃から何も変わらない。外の世界が知りたいから巫子《みこ》になりたいと思ってる。レーネは、今も私が間違ってると思う？」

「……うん。外の世界を見たいからって理由だけで巫子になるのは間違ってると思う」

「それは、どうして？」

「守護竜様の巫子はこの都市を守るためにある存在だから。セスカが退屈に思うのも無理がないぐらい、毎日が変わらない。でも、私はそれが凄いことだと思うんだ」

毎日、美味《おい》しいご飯を食べることが出来る。子供たちは自由に駆け回ることが出来て、大人たちはそれを見守ってくれている。

何の不安もなく夜を迎えて、暖かい部屋でぐっすりと眠っていられる。ただ生きているだけなら苦しむことのない一生が約束されている。

「この都市はそんな大きな優しさに包まれてる。その力を預かるなら、私は同じぐらいの優しさを持った人じゃないとダメだと思う」

あくまで私の望む理想だけれど。それでも、夢を見ることは止《や》められそうにない。心の底から憧れてしまったから。

「……優しさ、ね」

「うん。でも、セスカの気持ちもわかるから。だからセスカはセスカの理由で巫子を目指していいと思う」

何を思い、何を願って巫子を目指すのか、それは人それぞれでいい。私の巫子への思いだって自分の願望でしかないと言われても否定は出来ない。

ただ、それでも私が目指す守護竜様の巫子はこの都市を守る人であって欲しい。だから私は自分の理想を目指して進むだけなんだ。

「私はこの都市が好きなんだ。毎日、温かくて優しい世界、皆が笑って幸福でいられる。

それを守る人になりたいんだ」

「……知ってる」

私の願いを告げると、セスカは穏やかな声で返事をした。

私たちの間に風が吹いていく。空は遠く、手が届かない。外に続く道も壁に閉ざされて、その先に続く景色も断崖で隔てられている。

風が吹いた僅かな間で、一度会話が止まる。会話を再開させたのはセスカからだった。

「レーネの思いは共感出来ないけど、私は好きだよ」

「セスカ？」

「貴方と巫子を目指してきた日々は、本当に楽しかった」

セスカが微笑んだまま告げた言葉は、いつものセスカからは想像出来ないぐらい柔らかな声で紡《つむ》がれた。普段は微塵《みじん》も感じない優しさすらも感じてしまいそうになる。

「この都市での日々が退屈なのは変わらない。でも、レーネから目が離せない日々は楽しかった。だからレーネが巫子になったら、案外それはそれで良いのかなって」

「セスカ……」

「明日、私は負けるつもりはないよ。自分の望みを譲るつもりはない」

優しい笑みは挑発的な笑みに変わって、セスカは私にからかうように言った。

「それでも、貴方は諦めないんでしょう？」

「……当然！」

互いに笑みを浮かべ合って笑い合う。セスカは私と過ごした日々を楽しかったと言ってくれた。それは私にとってもそうだった。

セスカという目標があったから、私もどう強くなればいいのか考えることが出来たんだと思う。

それは、とてもありがたいことだ。でも、だからこそ夢を叶《かな》えるためにはセスカを超えないといけない。難しいことだけれど、難しいからこそ頑張ってこられたんだ。

「それじゃあ、身体を動かしがてら軽く模擬戦でもしましょうか」

「わかったよ！」

セスカの提案に従って、私は模擬戦の準備を整える。

セスカは槍《やり》を摸《も》した棒を手に取り、私は双剣を摸した木剣を取る。互いに自分の武器が問題ないかを確認してから、広場になっている真ん中で向き合う。

「明日に響かない程度に本気で行くよ」

「勿論《もちろん》！」

守護竜様の代理人である巫子、そして巫子候補は守護竜様の力をその身に降ろすことが出来るようにならなければならない。それが守護竜様の巫子になるために必要な条件だからだ。

守護竜様の力を宿すとオーラを纏《まと》うことが出来るようになり、身体能力の強化や、武器にオーラを纏わせることで攻撃力や防御力を上げるといった恩恵を受けられる。

だからこそ巫子候補たちは日々の訓練でオーラの質を高めて、オーラの操作を磨くことで切磋琢磨《せっさたくま》している。

そして、オーラの使い方には幾つか〝型〟が存在している。

オーラを鋭く尖《とが》らせることで対象を斬り裂く〝爪の型〟。

オーラの質そのものを高めて防御力を上げる〝鱗《うろこ》の型〟。

オーラを放出して貫通力に優れた一撃を放つ〝牙の型〟。

この三つの型は誰でも扱える基本の型で、中にはオーラを自然現象に変換させられる人もいるけれど、この〝変化の型〟は扱いが難しく、使いこなせる人はとても少ない。

皆どれか一つは得意な型を持っているので得意とする型を伸ばしていく。そして自分の得意な型に合わせて武器を選び、戦い方を身につけるのだ。

「行くよ」

模擬戦の開始はセスカの声かけと同時に始まった。声をかけてから、セスカが一歩踏み出して前に出る。私へと突き出される槍、本来は槍が届く距離ではないけれど、槍に纏わり付いたセスカのオーラが揺らめくようにブレる。

私は身を前に倒すようにして駆け出す。そして、さっきまで私が居た場所に突き刺さるようにしてオーラの一撃が迸《ほとばし》り、地が抉《えぐ》られ、土埃《つちぼこり》が舞う。

（相変わらず憎たらしいぐらいに惚《ほ》れ惚《ほ》れする〝牙〟だね！）

これがセスカの得意とする〝牙〟だ。セスカは牙の型においては並ぶ者はいないと言われる程の使い手である。

近づけさせないと言わんばかりに乱れ突きを繰り出し、そこから無数の牙を連射してくる。最初の一発に比べれば威力は下がっているけれど、今度は数が多くて捌《さば》けない。

「でも、この程度なら！」

対して、私は致命傷にならない程度の牙は無視する。

牙が私に直撃するけれど、それは私のオーラによって阻《はば》まれて掻《か》き消《き》えていく。

私が得意としているのは〝鱗の型〟。私の纏うオーラは硬く、分厚い。それ故に牽制《けんせい》で放つ程度の牙なら防ぐことが出来る。

「相変わらず硬いね。なら、こうする」

距離を詰めて双剣を振るう。何とか懐《ふところ》に入ろうとするけれど、セスカの槍がまるで蛇のような複雑な軌道を描いて襲いかかってくる。

「ッ、あぶな……！」

流れるような迎撃に私は対応するので精一杯だ。セスカは牙の精度だけではなく、武芸においても天才だ。だから牙を使わせないように工夫しても勝てたためしがない。

それでも必死に食らいつく。セスカの牙は私の鱗を簡単に突き破ってしまうから。

セスカに必殺の牙を放たれたらこちらの負けはほぼ決まってしまう。それだけ彼女の〝牙〟は受けたくない攻撃だ。

距離を詰めようとする私に対して、セスカは私と距離を取りながら牙を放とうとしている。セスカに牙を放つ隙を与えないためにも攻め込む。

「隙ありよ」

「ぐうっ！」

セスカが縫うかのように私の隙を突いた。腹に受けた一撃によろめき、後ろに下がる。

その間にセスカは一歩飛び退《と の》くようにしながら牙を放つ態勢へと入る。

体勢が崩れたままの私は全力で防御の姿勢を取る。次の瞬間、空気が爆発したような音と共にセスカの牙が放たれた。

圧倒的な暴力を前にして、私の渾身《こんしん》の防御はあっさりと崩されて吹っ飛ぶ。でも衝撃は大分押し殺せた。すぐに空中で体勢を整えて、再びセスカへと突撃する。

「無駄に頑丈……！　諦めも悪い！」

「それが私の唯一の取り柄だからっ！」

私が得意と言えるのは鱗の型しかない。爪は人並みに、牙に至っては今でも取得出来る気がしない。

でも、この取り柄を誇ることは出来なかったりする。なんでかと言えば、鱗の型は他の型に対して優位に立つのが難しいからだ。

爪も牙も、極めた人が放てば鱗を簡単に突き破ってしまう。かといって爪と牙を防ぐ程まで鱗を鍛えても直接的な決定打には持ち込めない。なので鱗を極めようとする人はいないのだ。鱗の型を極めたところで何になる？　と。

だから私は候補生の中では異端の扱いを受けている。セスカほどの牙でなければ防ぐことが出来るし、セスカほどの相手でなければ鱗のゴリ押しで勝つことも出来るからだ。

そんな私の鱗でもセスカの牙の前にはあっさりと打ち破られてしまうのだから、本当にセスカは理不尽だと思う。

だからって諦める理由にはならない。鱗の型そのものが決定打にならないなら他を磨くしかない。

だから武芸も腕を磨いた。その武芸の才能も、セスカの方が上だった。オーラなしでやり合ってもセスカに勝てた覚えがない。

ずっとその背中を追い続けてきた。届かない、と何度も思った。諦めようなんて囁《ささや》く声はいつだって聞こえてきた。それでも私は胸が弾むような思いに満たされていた。自分が努力した分だけ誰かの努力がわかるから。

だからセスカの力が才能だけではないってことも理解出来た。彼女だって努力しているんだ。頑張っているのは自分だけではない。皆、それぞれの思いを抱えながら生きている。それなら腐ってなんかいられない。

自分に出来る全力で、足りないならもっと全力で、ただ前に進むしかない。夢を叶えるためには、私の全てをかけてでも追いかけないといけないんだ。

そして全力で走って、セスカに追い付こうとして――首に槍を突きつけられていた。

あぁ、今日もまた届かなかった。全身から吹き出る汗が落ちていく。セスカは息を切らしてはいなかったけれど、どこか疲れが滲《にじ》んだような表情になっていた。

「……あぁ、また負けたかぁ」

私はその場に大の字に転がった。全力で動き続けた身体《からだ》は疲れを訴えていて、指先すら動かすのも億劫《おっくう》に思える。

そんな私の隣にセスカも腰を下ろす。私程ではないけれど、汗が浮いた額を拭っている。

それから私へと視線を向けた。

「お疲れ様、レーネ」

「セスカも、お疲れ」

「どう？　勝ち目はありそう？」

からかうようにセスカは私に問いかけてきた。彼女の表情には微笑が浮かんでいる。

その顔に少しだけ見惚《みと》れてしまう。普段は退屈そうな表情しか浮かべていない癖に、こうして私の前では無防備な表情を見せてくれる。

「……当然、勝つつもりで挑んでるんだからね」

「でも、今日は全力じゃなかったでしょう？」

「それはセスカだって同じでしょう？」

「まだ全力じゃなくてもいいもの」

「うわ、嫌みだ！」

あまりにも余裕に満《み》ち溢《あふ》れた言葉を聞いて、私は唇を尖らせてしまった。こう言えるだけの実力があるからなんだけど、だからって面白くはない。

頬を膨らませて不満を表現していると、セスカが楽しそうに笑い始めた。最初は私の顔が面白いとでも思っているのかと怪しんだけれど、次の言葉でそうじゃないとわかった。

「ふふ……ねぇ、レーネ。楽しみにしてていいのよね？」

「楽しみって、何をさ?」

「明日、私も知らない私の全力を、貴方《あなた》が引き出してくれるんでしょう?」

それは期待。子供がプレゼントを待ちわびるような、幼さすら覚える感情だ。

普段は何にも関心を示さず、周囲に興味なんてありませんという態度を取るセスカがそんな感情を表に出しているだなんて驚きだ。

セスカからの期待を一身に感じながら、私は身震いをする。確かに今日はまだ全力じゃなかった。セスカに隠れて試していることだってある。

それがセスカに通用するか、と言われればわからない。それだけセスカは強い。それでも私は自分を奮い立たせるように言った。

「楽しみにしてていいよ。退屈なんてさせないから」

「あぁ、それは——とても楽しみね」

祈るように小さく呟《つぶや》いて、穏やかに微笑を浮かべるセスカ。彼女の横顔を見つめながら、私は思いを新たにする。セスカが退屈だと溜《た》め息《いき》を吐《つ》く暇もないくらい、今まで積み重ねてきた全部をセスカにぶつけよう。

きっと、それが私がセスカにしてあげられることだから。

第二章　巫子《みこ》選定の儀

守護竜様の巫子の代替わりに、特に決まった周期というのは存在しない。役割を担《にな》っているのが人なのだから、個人差があって当然の話だ。だからこそ、巫子の選定がある時は一種のお祭りみたいになっている。

選定の儀、次代の巫子を決める最終選抜は、最後まで残った四名の巫子候補が勝ち抜き形式で争うことになる。

「この都市の未来を背負う若者たちよ。都市の未来を思う者たちよ。貴方たちに守護竜様の導きがあらんことを。そして、今日までの研鑽《けんさん》を示しなさい」

選定の儀の最終選考、その開始を告げるのは都の政《まつりごと》を担う都長だ。いつもの演習場には観客が訪れていて、次の巫子が誰になるのかを見届けに来ている。

見慣れた場所の筈《はず》なのに、全く感じたことのないような空気で落ち着かない。手を握り直したりしながら緊張を誤魔化す。

「それでは、これより最終選考の組み合わせを決定する。候補者は順番に前に出てクジを引きなさい」

順番に名前を呼ばれて、都長の用意したクジを引く。最初の相手が誰になるのかを決めるクジだ。私はクジの紙を開いて中身を確認する。

「あらら、私のお相手はレーネちゃんですか」

「ルルナ」

やけにふわふわと間延びしたような口調で喋《しゃべ》りかけてきたのは白銀の髪の少女だ。口調と同じようなふわふわとした天然な雰囲気を感じさせる顔立ちをしている。

彼女はルルナ・エルガーデン。彼女も巫子候補として残った一人だ。先程まで挨拶していた都長の娘で、いわゆるお嬢様だ。

「ふふふ、お手柔らかにお願いしますわ」

「はは……」

緊張した様子もなく、いつも通り何を考えているかわからない笑みを浮かべながら言うルルナに、私は苦笑を返すことしか出来なかった。

挨拶や軽い会話はしたことがあるけれど、どういう人なのかわかる程、ルルナとは話したことがないんだよね。誰とでも仲が良《い》いけれど、特定の仲の良い子もいないというか。

そんなことを考えていると、都長が私たちに声をかけてきた。

「相手は決定された。それでは、まずはレーネとルルナの試合から開始する」

都長が宣言して、ちらりとルルナへと視線を向けたような気がする。ルルナはその視線を気にした様子も見せなかった。

すると、セスカが壇上を降りる前に私たちへと寄って来て、声をかけてきた。

「レーネ、ルルナ」

「あら、セスカちゃんが声をかけてくるなんて珍しいですわね」

「今日ぐらいはね。二人とも頑張って」

「う、うん」

私は緊張を解《ほぐ》そうとしてゆっくりと息を吐く。けれど、なかなか緊張が抜けない。

今日で全てが決まってしまう。私の努力がどこまで通じるのか、不安が私を落ち着かせてくれない。

そんな私の肩にセスカが手を乗せた。そして顔を寄せて、小さく呟くように告げる。

約束、と。セスカの一言に私の緊張が嘘《うそ》だったようになくなった。

セスカに不敵な笑みを浮かべて返すと、セスカは微笑しながら去っていった。

演習場に残されたのは私とルルナ、そして審判だけだ。審判が位置に着くように私たちに言ったので、互いに位置に立って向き合い、一礼をする。

礼を終えてから、私は腰に下げていた双剣を抜いて構える。ルルナも武器を構えるけれど、彼女の武器は鉄扇だ。両手に握った鉄扇を羽のように大きく広げている。

「それでは最終選考の第一試合を開始致します。両者、構え。――始めッ！」

開始の宣言と共に動いたのはルルナだった。

ルルナは軽やかな足取りで後ろへと下がる。鉄扇を広げて、踊るようにステップを踏む。鳥が羽ばたくような舞踏に合わせて、鉄扇に炎が灯《とも》る。

ルルナは数少ないオーラの変化を得意とする巫子候補。彼女が得意とする戦い方は炎を用いた遠隔攻撃だ。

鉄扇に灯っていた炎が離れ、火球となって向かって来る。私は跳ぶようにして回避して、先程まで立っていた場所に火球が直撃する。すると弾《はじ》け飛ぶように火球が散っていき、思わず舌を巻いてしまう。

「レーネちゃん。多少の怪我《けが》は治せますけど、降参は早めにですよ？」

「流石《さすが》、気の放出と遠隔操作が一番上手だって言われるルルナだね。相変わらず惚《ほ》れ惚《ぼ》れするよ」

「小手先の技は得意ですからね」

「ルルナの凄《すご》さはちゃんと知ってるよ」

ルルナは小手先の技と言うけれど、模擬戦で何度もその凄さは味わっている。

「それでも、今日は負けるつもりで来てないから」

「……レーネちゃんは本当に眩《まぶ》しいですわね」

ルルナが目を細めるように笑みを浮かべた後、彼女は舞踏を再開した。

オーラが炎へと変化して、自由自在に形を変えていく。続いて繰り出されたのは一羽《わ》の巨大な炎の鳥。それが私へと突っ込んで来る。

身を低くして、転がるように進路上から退避する私。しかし、ルルナが繰り出した炎の鳥は旋回し、私を目がけて戻って来る。

私は炎の鳥を無視してルルナへと近づこうと駆け出す。けれどルルナは舞いながら距離を取り、炎の鳥を操りつつ小粒の火球をばらまいて私の足を止める。

これがルルナの戦い方だ。美しさだけで言えば、最後まで残った巫子候補たちの中でも一番華やかだろう。

私には出来ない戦い方に、正直に言えば憧れを抱いていた。自分もこんな風に力を扱えたら良かったと、模擬戦をする度に思っていた。

「あぁ、本当に――羨ましくて綺麗《きれい》だなぁ」

このまま体力が尽きるまで、彼女の戦い方を間近で見ていたくなる程だ。

でも、今日は最終選考の負けられない戦いだから。ルルナへの憧れを胸の奥に押し込めて双剣を握り直す。

背後から迫った炎の鳥、それを全身の力を使って、身体《からだ》ごと回転させながら双剣で斬り裂いた。

火花が肌に触れるけれど、私はそれを気にしない。全身に纏《まと》ったオーラが炎を寄せ付けず、直接触れることはないからだ。

「お見事。流石、〝鱗《うろこ》〟の扱いで右に出る者はいないと言われるレーネちゃんですわ」

「それはどうも！」

「でも、それでどうやって私に勝つつもりなのかしら？」

微笑を浮かべたまま、ルルナは鉄扇を振るった。私が掻《か》き消《け》した炎の鳥と同じ大きさの炎の鳥が二羽も出現する。

二羽の炎の鳥がルルナの舞によって操作されるように私へと向かって来る。

「どうやって勝つのかなんて、そんなのずっと考えてたよ」

ルルナが言う通り、鱗は防御力を高めるだけで決定打がないと言われ続けてきた。

だから私はずっと考えてきた。私が得意とする鱗の型は、他の型に比べて何か優れている点はないのかと。

例えば、爪の型を極めればオーラを研ぎ澄ませることが得意になる。

例えば、牙の型を極めれば、オーラの貫通力や破壊力が増していく。

それじゃあ、鱗の型を極めればどんなことが得意になるのだろうか？

鱗の型の精度を高めていくと、オーラの質そのものを高め、密度を操作することに秀《ひい》でるようになる。

それに気付いてから、私はずっとオーラの観察を続けてきた。他の人がオーラをどのように使っているのか。

ひたすら見て、覚えて、実践して。ひたすらオーラの操作を緻密に出来るように研鑽し続けてきた。

その果てに私は一つの答えを得た。他の型には出来なくて、鱗の型にだけ出来ること。

そして、切り札と言うべき技を身につけるに至った。

「行くよ、ルルナ！　これが私の集大成だ！」

叫ぶのと同時に、私は身に纏っていたオーラを変化させていく。

駆け巡っていく力が身体を軋《きし》ませる。その分だけ、力が漲《みなぎ》ってきた。

地を蹴ると踏み砕いたような感触と共に一気に加速する。私に迫ってきていた火の鳥を置き去りにするような速度でルルナへと肉薄する。

ルルナは微笑を消して、眉を寄せたような表情で私の接近に備えた。

「ッ、こ、のぉッ！」

一方、私は目測を誤ってルルナへと飛び蹴りをするように突っ込んでしまう。

ルルナは鉄扇を掲げて私の飛び蹴りを防ぐも、蹴りの勢いに地が足を離れて、後ろへと吹っ飛んでいってしまった。

「ッ……！　これは鱗のオーラに回している力を身体《しんたい》強化に……？　いえ、そんな単純な仕組みではなさそうですね？」

「どうかな！」

ルルナの言う通り、これは単純な身体強化ではない。全身の動きを補助するように纏った鱗を細かく変形させて、外付けの筋肉に変えているようなものだ。

身を守る堅牢《けんろう》な外殻であり、同時に筋肉のように伸縮をさせて力を倍増させる。これで向上する身体能力はご覧の通り。

ルルナがばらまいた火球を全身の鱗を駆動させながら避《よ》けきって、そのままルルナへと肉薄する。迫ってきた火の鳥も、鱗から伝わってくる感覚で目を向けずに回避。ついでと言わんばかりにオーラを纏わせた双剣で斬り裂いておく。

「この速度、まるで人型の小さな竜そのものですね……！」

ルルナは眉間に皺《しわ》が寄ったままだ。鉄扇を振るって火球を放つも、今の私の前には牽制《けんせい》にもならずに掻き消されている。

決定打がないのは相変わらずだけれど、攻撃を受けても揺るがず、一方的に翻弄出来るだけの身体能力の向上、これで相手を削り続けるのが私の見出《みいだ》した戦い方だ。

「では、これならどうですか……！」

ルルナが大きく渦を描くように両手の鉄扇を振り回した。炎が吹き荒れ、炎の渦が生まれる。その炎の渦は更に炎を纏い、炎の大蛇へと姿を変えた。

人を呑《の》み込むのには十分な大きさの炎の大蛇が口を開いて向かって来る。私はその場で足を止めて、双剣を構え直す。

「押し通らせて貰《もら》うよ、ルルナッ！」

炎の大蛇が私を呑み込む。私は息を止め、吹き荒れる炎の中で双剣を振り抜いた。

内側から食い破るように炎の大蛇が散っていく。そのまま私はルルナへと接近する。

「ルルナァ――ッ！」

「まさか……！　なんとデタラメ……！」

驚愕《きょうがく》しながらもルルナが鉄扇を盾にしようとする。一瞬の交錯、決着はその間に訪れていた。

私はルルナの首に剣を当てた状態で静止している。ルルナは汗を一筋流しながら、ゆっくりと息を吐いていつもの微笑を浮かべた。

「……降参致しますわ。これは完敗です」

「——勝者、レーネ！」

ルルナの宣言と共に審判が私の勝利を告げる。観客席から歓声なのか、悲鳴なのかわからない大音声《だいおんじょう》が響き渡って、私は思わず耳を押さえてしまった。

「あら、凄いことになってしまいましたね。ふふっ、今までレーネちゃんが模擬戦で負けていたのは、鱗を使いこなすための修練だったのですね。本当にお見事ですよ」

「ありがとう。ルルナの炎も……相変わらず、凄く綺麗だった」

「……はい、ありがとうございます。それでは、次も頑張ってくださいね」

微笑を浮かべたまま、ルルナは鉄扇を畳んで私よりも一足先に演習場を後にするように歩き出した。私も、次の試合の邪魔にならないようにとルルナの後を追うのだった。

＊　＊　＊

（次はセスカの試合か……私の相手がルルナだったから、セスカの相手は……）

演習場から見学出来る席に移動して、セスカの試合が開始されるのを待っていた。

巫子《みこ》候補として残ったのは四人。私、セスカ、ルルナ、そして最後の一人。

ジョゼット・ファルナ。深紅の髪を横に纏めていて、新緑の瞳が鋭く周囲を睨《にら》み付《つ》けているかのようだ。

一応、幼馴染《おさななじ》みではあるんだけど、私は苦手だったりする。生真面目でかつキツイ性格をしていて、何かと口うるさく注意されてきたからだ。

(ジョゼットが厳しいのは仕方ないんだけどね。実家の願いを背負っているから)

彼女はかつて長らく巫子を務めていた名家の跡取り娘だ。そんな彼女にかけられた期待は重たい。

再び巫子に返り咲くことが家の悲願であるらしく、それ故に誰よりも真面目に訓練に取り組んでいたし、それに見合うだけの実力はある。

それ故の気負いなのか、おっかない空気を撒《ま》き散《ち》らしているジョゼットに対してセスカは自然体に構えている。これはいつもの見慣れた光景だ。

「……相変わらず余裕そうね、セスカ」

「そっちこそ、相変わらず……いや、いつもよりピリピリしてるね」

「当たり前でしょう。今日を何だと思っていますの？」

「それはそうだね」

「……今日という日でも、貴方《あなた》はその態度なのね」

穏やかじゃない声でジョゼットがセスカに言った。そんなジョゼットの態度にセスカは軽く肩を竦《すく》めている。

私とジョゼットもそんなに仲が良いとは言えないけれど、セスカとジョゼットはもっと相性が悪い。天才肌で他人を気に留《と》めないセスカが悪いとは思うのだけれど。

「別に、いつも通りじゃないよ」

「何ですって？」

「正直、私は巫子になるならジョゼットが一番向いてると思ってるよ。でも、ごめんね」

「……一体、何に謝ってるのかしら？」

「今日は負けられない理由があるから。だから、ジョゼットでも譲ってあげられない」

そう言った瞬間、セスカの気配が一気に鋭くなった。それはジョゼットが一気に表情を険しくさせる程の変化だ。

何でも涼しげにこなして、本気らしい本気を感じさせたことがなかったセスカ。そんなセスカがひりつくような空気を放っている。

「今日の私は本気だよ、ジョゼット」

「……そう。それは良かったわ」

互いに緊張が高まる中、審判が二人に声をかける。互いに位置について、礼をする。

始まるまでの時間を随分と長く感じた。そんな重苦しい間に息を呑んでいると、審判が開始を告げる声が高らかに響いた。

宣言と同時にジョゼットが動いた。直剣を構えて、セスカの懐《ふところ》へと飛び込む。

武器は爪の型でオーラを纏わせた剣だ。ジョゼットは巫子とその候補に受け継がれてきた剣術を極めていて、剣の扱いに長《た》けている。

実に真面目で努力家なジョゼットらしいと思う。長く受け継がれてきた剣術を極めているからこそ、どんな状況でも対応出来るのが彼女の強みだ。

「くっ……！」

でも、そんなジョゼットすらも圧倒してしまうのがセスカだ。

ジョゼットはセスカが牙を放つよりも先に懐へと飛び込もうとする。普段の訓練であれば、互いに斬り結んで長引くのがいつもの光景だった。

でも、今日のセスカは動きのキレが違った。ジョゼットが不調なのではない。むしろ、いつもよりジョゼットの気迫は満ちている。

強引に叩《たた》き伏《ふ》せるようにセスカがジョゼットの剣を弾《はじ》く。気を抜けば剣が飛ばされそうになりながらも、ジョゼットは苦々しい表情で堪《こら》える。

「ジョゼット、貴方は強いよ。でも、今日は譲ってやれない。私は、今日という日が来るのをずっと楽しみにしてたから」

「くぅ……ッ‼」

耳を激しく劈くような衝突音が響き渡った。衝突音の発生源はセスカとジョゼットのオーラが衝突した際のものだ。空気を震わせて破裂するような音は止まることなく響き渡り続ける。

戦況はジョゼットの防戦一方。でも、これは喰《く》らい付いているジョゼットが凄《すご》いのだ。セスカは武芸の天才と言っても過言ではないけれど、ジョゼットの剣の腕前だって負けてはいない。

実際、これまでの模擬試合でもセスカとジョゼットの試合は決着がつくまでに時間がかかっていた。セスカと長時間、試合が出来るのも私かジョゼットくらいだ。

状況が膠着《こうちゃく》してしまい、苦しげにセスカに喰らい付くジョゼット。そんなジョゼットの僅かな隙を狙って、セスカが鋭く牙の一撃を繰り出した。

直撃はしなかったものの、ジョゼットはその余波で弾《はじ》き飛《と》ばされてしまう。セスカはその隙を突いて距離を取り、牙を溜《た》めて撃つ態勢へと移った。

「ジョゼット、行くわよ」

「ッ、来なさいッ！」

そこから更に一方的な展開になる。セスカの槍《やり》がブレて見える程の速度で突き出され、刺突に合わせて牙が解き放たれてジョゼットを襲う。

剣で逸《そ》らすようにしてジョゼットは紙一重で回避する。地面が抉《えぐ》られて土埃《つちぼこり》が舞う中でジョゼットは体勢を立て直そうとしている。

「くっ……！」

ジョゼットの顔が苦悶《くもん》に歪《ゆが》み、剣を持つ手が震えたのが見えてしまった。セスカの牙を受け流しても、衝撃までは完全に消せなかったみたいだ。

それだけセスカの放つ牙は凄《すさ》まじい。その牙を連射してくるのだから、それだけで心が折れてしまっても仕方ない。

「はぁッ！」

「甘い」

一方的に攻撃させまいと、回避しながらジョゼットがセスカに切り込む。けれど、それすらもあっさりとセスカはいなしてしまう。

ジョゼットが攻撃に転じようと猛攻を繰り出すも、一つの綻びを見つければそこを的確に突いて距離を取られ、一方的に牙の連撃で圧倒されてしまう。

ジョゼットも爪で対抗しているけれど、セスカの牙によってオーラが削られているのが手に取るようにわかる。

セスカが最強と囁《ささや》かれる理由がこれだ。圧倒的な攻撃力を誇る牙の型を極め、その牙を止めようにも天才的なセンスでそれを許さない武技の巧みさ。その牙城《がじょう》を崩すのは困難の一言に尽きる。

「ッ……セスカァ！」

「――悪いね、終わりにさせてもらうよ」

押し出されるようにジョゼットが蹈鞴《たたら》を踏みながら後ろに引いてしまった。その瞬間を待っていたようにセスカは槍を引いて構えを取る。

それを見たジョゼットの表情に焦《あせ》りが浮かぶ。あれこそ、セスカの必殺の構え。どんな防御すらも貫く一撃が、爆発音のような轟音《ごうおん》と共に放たれた。

――次の瞬間、ジョゼットの剣が宙を舞って地へと突き刺さった。

続いて叩き付けられるように地に倒れ伏したジョゼット。周囲が静まり返る中、構えを解いて彼女の側《そば》まで歩み寄るセスカ。

ジョゼットはセスカを睨み付けるも、ゆっくり大きく息を吐いて目を閉じた。

「……負けたわ、完敗よ」

「ん。勝ち、貰《もら》ってく」

セスカが差し出した手を取って、ジョゼットが身体《からだ》を起こした。審判が思い出したようにセスカの勝利を告げた瞬間、観客の歓声が大きく響き渡った。

セスカが勝った。なら、次に待っているのは私との戦いだ。そんな思いから食い入るようにセスカを見ていると、セスカが私に視線を向けた。

セスカはただ私に向けて微笑《ほほえ》むだけ。私は心臓が摑《つか》まれたような気さえした。

あぁ、ようやくここまで来たのだという実感に私は唇の端が持ち上がるのを抑えられなかった。

＊＊＊

私とセスカは互いに大きな怪我《けが》もなかったので、休憩を取ってから最後の戦いが執り行われることになった。

時間が来るまで身体を休めることになったけれど、その時間もあっという間に過ぎてしまった。その間、ずっとセスカについて考えていた。

はっきり言って、普通に戦ったら私はセスカには敵《かな》わない。セスカの放つ牙に私の鱗《うろこ》は貫かれるだけで意味をなさないからだ。

かといって牙を撃たせないように接近戦を挑んでも、セスカの槍の腕前は天才の域にある。それこそジョゼットの二の舞になるだろう。

相性だけで言うなら、私とセスカの相性は最悪なのである。あの剣技に優れていたジョゼットさえ圧倒してしまう程だ。もし相手がルルナだったとしても、ルルナが全力を出す前にセスカが全力を出してしまえば実力を発揮出来るかもわからない。

改めて、セスカというのは理不尽な相手だと思う。本当に強い、強すぎる位だ。

（でも、強いからこそ他人への興味が薄いのかもね……）

だからこそセスカは変わることのない世界に退屈していて、外の世界のことを知りたいと思っているのかもしれない。

その思いの強さはずっと一緒にいたから、わかっている。でも、私はそんなセスカの生き方が危なっかしく見えて仕方なかった。

何かもっとやり方とかあるんじゃないか。いつだって私はそんなことを考えずにはいられなかった。それはセスカにだけではなくて、例えば喧嘩《けんか》している人たちを見たりした時も同じ思いを抱いてしまう。

何か出来るんじゃないか、そう考えてたら動いてしまう。私は目の前にある諍《いさか》いや理不尽を見過ごせない性質だから。

（だから巫子《みこ》になりたい。巫子になれば、もっと多くの人の力になれる筈《はず》だから）

それはセスカだけではない。この都市に住まう人たち全ての力になれる。

セスカだったらそんなお節介は望んでいないって言うのかもしれない。でも、私は自分に出来ることなら力を尽くしたい。ただ、皆に笑って欲しいから。

まずは、一番初めに親友のセスカに笑って欲しい。

（どうしても譲れないんだ、この願いだけは）

そう思って顔を上げると、最後の試合の時間が迫っていた。

頬を軽く叩いて私は演習場へと向かった。演習場に入ると、既にセスカが待っていた。

セスカは私を見つめ、私もセスカを見つめ返す。

「時間となりました。それでは巫子候補の最終選考、最終戦を始めたいと思います」

審判の声が聞こえる。でも、もう私はその声に意識を傾けていなかった。

目の前にセスカがいる。私の夢が叶《かな》うかどうか、それを決める舞台で彼女と向き合っている。

（――なんでだろう。今までの思い出が頭に浮かんじゃうな）

今日まで一度だって彼女に勝つことが出来なかった。それでも諦めることが出来なくて、追い付くために、追い抜くために走り続けてきた毎日。

最初は、都市の外に出ようとしたセスカを引き留めた時から。

それから私たちはずっと一緒だった。巫子としての訓練も、ご飯を食べる時も、町に出かける時も。

他人に興味のなさそうなセスカも、私といる時はイタズラを仕掛けてきたりと意地悪な一面を見せてくれた。

時に頼りになって、時に憎たらしくて、時に厳しく私を諭してくれた。

心の底から言える。私にとってセスカは特別な人で、何よりの目標だった。

だから、そんな特別な人と望んだ舞台で向かい合っている瞬間に胸が躍ってしまう。

「双方、礼！」

審判に促されるまま、礼の姿勢を取る。そして、次々と浮かび上がる追憶を振り切るように構えを取った。

セスカもほぼ同時に槍を構えている。ここまでくればお互い、言葉は要らなかった。

「――試合、開始！」

宣言が下されたのと同時に私は地を蹴り、息をするように纏《まと》いなれた鱗で全身を覆う。

セスカも既に牙を放つ態勢になっている。油断はない、様子見もない。あちらも最初から全力だ――！

「レーネェ！」

「セスカァ！」

この時を待っていた、と言わんばかりにセスカの全力の牙が私に迫る。

炸裂《さくれつ》音が響き渡って、土煙が上がる。観客席から落胆のような声が聞こえた気がする。あのジョゼットすらも打ち崩した一撃だ。ジョゼット程、武技に優れていない私が一瞬にしてやられてしまったと思われて当然だろう。

――でも、私はあのセスカの背後を取っていた。

双剣を勢い好く振り下ろすも、セスカが背に槍を回して柄で受け止めた。防がれたことを悟った私は素早く突き放すようにしてセスカとの距離を取る。

観客席からどよめきの声が聞こえる。それに思わず笑みを浮かべてしまいそうになる。

そんな私に対してセスカが槍をだらりと構えながら問いかけてきた。

「それが奥の手？」

「ええ、ずっとセスカを越えるために磨いてきた奥《おく》の手だよ――ッ！」

鱗は防御に長《た》けた型。私はその鱗の制御と質を磨き続けて、防御力をそのままに身体能力が向上する術《すべ》を身につけた。

でも、どんなに防御力を高めたところでセスカの牙を受け止めることは出来ない。

なら、どうすれば良いのか？　それをずっと考えてきた。

そして私が出した結論はこうだ。

──防御力が意味を成さないなら、それを捨ててしまえば良い、と。

鱗の力を〝防御〟のためではなく、〝身体能力を向上させる〟ためだけに力の方向性を変える。

制御を少し間違えるだけで自滅する恐れがある諸刃《もろは》の剣。鎧《よろい》としてではなく、加速のためだけに全てのオーラを使う鱗。この奥の手に私はこう名付けた。

──〝逆鱗《げきりん》形態〟と。

「行くよ、セスカ──ッ‼」

力を絞り出すように吼《ほ》える。身体は瞬《まばた》きの間に軋《きし》みを上げて、痛みを加速させていく。

筋肉が全て千切れてしまいそうだ。骨だって折れてしまうかもしれない。

それでも私は止《や》めない。ただ前へ、もっと先へ、更に速く！

双剣を振るう。その様はまるで嵐の如《ごと》く。観客席から聞こえていたどよめきは、いつしか興奮の声へと変わっていた。

「――ッ！」

あのセスカが防戦一方になっている。得意の牙を放つことも出来ず、私の繰り出す猛攻をいなすことしか出来ない。

それでも溜《た》めの少ない牙を放って狙おうとしてくる。でも、それすらも出鼻を挫《くじ》くように槍《やり》の穂先を叩《たた》き、弾《はじ》いて逸《そ》らす。

「やるね。でも、そう簡単に好き勝手にやらせない！」

セスカは槍にオーラを纏わせて、双剣を弾き飛ばす。それは牙としてではなく、爪として纏わせたものだ。

そのまま体勢が崩れかけた私を貫かんと槍を突き出す。紙一重で避《よ》けるけれど、掠《かす》った腕のオーラが削られる。

「チィッ！」

舌打ちをしながら後退する。加速のためには鱗が欠かせない。すぐにオーラを身体から引き出して補修する。

セスカは牙が得意だけれど、別に爪が使えない訳ではない。逆鱗状態の私は生身程度しか防御力がないから、掠っただけでもオーラの総量が減ってしまう。

掠ることすらも許されない。それも、あのセスカを相手に。

そんなの出来る訳ない。無理だ。

やっぱり私には届かないんだ。

そんな風に湧き上がってきた弱音を叩き伏せる。

そんなの、ここまで来て吐ける弱音じゃない！

「セスカァ――ッ！」

私がセスカに勝てる可能性なんて、それしかないのだから。

なら、その可能性に全てを注ぐしかない。私が夢を叶えるためには、セスカを越えないと届かないのだから。

駆ける。腕を振るう。飛んで、攻撃を躱《かわ》して、反撃される。またオーラが削られたので補修する。

「まだ、もっと、もっとだァッ！」

速度が足りないというなら、もっと鱗《うろこ》の形状を鋭く、身体《からだ》に纏わり付く風すらも切り裂く程に――ッ！

痛みは思考をハッキリさせていくための劇薬と化す。全身の痛みに発せられる頭からの警告を無視して、風よりも速く、音よりも速く、何よりも速く。

私にかけられる全てを注いで、ただ速度のために最適化させていく。

それでもセスカが追い付いてくる。私と違って普通の身体《しんたい》強化しか使っていない筈なのに、なんて奴《やつ》！

「――はは、ははははッ！」

すると、セスカが声を出して笑い始めた。私の加速に対応しながら心底楽しそうに笑い声を上げる。

私の振るった双剣を打ち払い、それでも衝撃を殺しきれずに後ろに下がりながらセスカは笑い続ける。

「――あぁ、この日のために私はずっと貴方《あなた》を待っていたんだ、レーネエッ‼」

堪《こら》えきれない、と言わんばかりにセスカが叫ぶ。危険を感じて傾《かし》げた頭の真横を、セスカが放った牙が過ぎ去っていく。小出しの威力だけれど、纏っている鱗を削られかねない攻撃に冷や汗が止まらない。

「追い付いてよ、追い抜いてよ、本当に夢を叶えたいなら、私を！　もっと私を楽しいと思わせてよ！　貴方を見せてよ、もっと夢中になるぐらいに！　退屈なんて消し飛ばすぐらいに、私を見て！　私を……捕まえてみせてよ！」

心の底から叫ぶセスカの声が聞こえる。あんなに感情を露《あら》わにしたセスカなんて初めてだ。でも、その叫びが私の背に更なる力を与えてくれる。

笑みが浮かんでしまう。あぁ、だって堪えきれないよ、こんなの。

ずっと追いつけると思っていなかった人が、私を待っている。

追いついて欲しいと、追い抜いて欲しいと求めてくれている。他でもない私だけを。

——貴方に追いつきたかった。つまらないなんて呟《つぶや》く貴方の視界に映りたかった。

「追い付くよ、追い抜いてみせる！　貴方こそ、退屈なんて思うよりも前に私を見てよ、セスカァッ！」

あぁ、なんて楽しいのだろう！　だから、もっと加速する。まだ追い抜けないあの人を捕まえようと手を伸ばすように。

息が切れて、手足が折れてしまいそうになっても、心は歓喜に震えている。

なら、止まる理由なんかない。この後のことなんて後で考えれば良い。今はこの瞬間を駆け抜け続けたいんだ。

果てしない空に手を伸ばして、そのまま消えてしまいそうな貴方の背にこの手を届かせるように。

互いにギリギリなのに、楽しくて仕方ないと言うように笑い合う。

双剣と槍がぶつかり合う音、オーラ同士が衝突する音、その全てが入り交じって一つの音楽を奏《かな》でているかのようにさえ思える。

必死に食らいつく私と、叩き払うように槍を振るうセスカ。そんなセスカを上回ろうと私は加速を続ける。

限界は近い。だけれど、絶対に挫けてなんかやらない。今の私の心を折りたいなら両手両足を折ってくれないと止まりそうにない。

手を伸ばしたいんだ。退屈で今にも消えてしまいそうなセスカに届かせたい。この胸に溢《あふ》れる幸せは、貴方にだって感じられることなんだって、私は信じていたいんだ！

「――くぅッ⁉」

セスカが初めて、その表情を苦悶《くもん》に歪《ゆが》めた。その瞬間、私は終わりの見えない疾走の中でゴールを見つけたような気がした。

「アァ、アァアアアッ――‼」

鱗を逆立てろ、もっと速くなるために、全てを振《ふ》り解《ほど》いて、誰よりも先に辿《たど》り着《つ》くために。嗄《か》れて潰れてしまいそうな喉から声を張りあげて、私は強く一歩を踏み込んだ。

その一歩が、もう決定的だった。セスカの槍が引き戻されるよりも速く、私が振るった双剣が天へと振り抜かれた。

もっと遥《はる》か先へ、高い空へ届けと言わんばかりの一撃。

それは――セスカの槍を天高く舞わせた。

「――あぁ」

息を吐《つ》いて、セスカは空になった手を下げて、肩で息をしながら正面から私を見た。

それはイタズラが見つかってしまった子供のような、悪びれた表情。疲れ切っているのに、溢れる感情を零《こぼ》すことを堪えられないような、年相応の感情の発露。

いつも超然としていた彼女がそんな表情を浮かべたことは――それこそ最初に私が引き留めた時しか浮かべていなかった。

過去の記憶が重なって理解する。あぁ、あの日のように私は、彼女に追い付いたんだ。

あの時と違うのは、驚いているか、笑っているかの違いだ。

セスカの槍が背後に突き刺さった。私はセスカに剣を突きつけようとして、けれど手が震えて定まらない。そんな私の手にセスカが手を添えてくれた。

「……泣き虫だったレーネが、ここまで来るなんて。本当に凄《すご》いね」

「セスカ……」

「参ったよ。……私の負けだ。本当に、追い抜いちゃうなんてね」

セスカはそう言いながら微笑《ほほえ》んだ。その目には涙がうっすらと浮かんでいる。

「レーネの夢は、本当に凄かった。貴方と競い合えて……心から楽しかった」

私に力を抜かせるように腕を降ろさせて、セスカが私を強く抱き締めた。

その力で、私は自分が勝ったという実感が追い付いてきた。セスカが褒めてくれたのもようやく浸透してきて、心が暴れ出しそうに震えた。

「追い付いたよ、セスカ。飛んでいかなくたって——世界は素晴らしいでしょう？」

……あぁ、なんてことはない。

私は、親友が寂しそうにしているのが耐えられなかっただけなんだ。

そんな彼女が笑ってくれている。目の前にいる私を真っ直《ます》ぐ瞳に映して。

これが、私の叶《かな》えたかった夢の一歩だ。その夢を叶えた実感が喜びの涙を流させる。

そして私たちは笑い合いながら、互いの喜びを分かち合うためにお互いを抱き締めた。

＊　＊　＊

ふわふわと、まるで夢の中にいるみたいだ。

巫子《みこ》を決めるための最終選考でセスカと戦った後、表彰など色々とあった。

でも、その間もずっと夢心地で実感がない。次代の巫子が決まったことで祝祭が始まっているけれど、私はそれを遠目で眺めていた。

最初は知り合いや巫子候補だった人たちが声をかけに来てくれていた。皆、まさか私が巫子になるなんて思っていなかったので驚いたと、手放しに褒《ほ》め称《たた》えてくれた。

なんとか押し寄せる人たちに笑顔で対応していたけれど、そんな中で私に気を遣ってくれたのは都長の手伝いに回っていたルルナだった。

「レーネちゃん、ちょっと風にでも当たって来るといいわ。外の景色を見たら落ち着くと思うから。お祭りも始まってて、景色が綺麗《きれい》になってるから見物よ？」

疲れているというよりは、未《いま》だに現実感がないだけなのだけれど、断る理由もなかったので私は都市を一望出来る高さの建物へとやってきていた。

そこから見えた景色は、まるで街全体が光っているみたいだ。日は落ちて夜になっていたので、その明かりがなんとも眩《まぶ》しい。そして息を呑《の》むぐらい美しかった。

巫子を決めるお祭りは盛大に行われるとは聞いていたけれど、実際に目にしてみると凄い光景だ。

「……祝われてるのが私だって、なんか実感がないなぁ」

「何を言ってるの、次代の巫子様？」

「えっ⁉」

突然、後ろから声が聞こえて私は勢い好く振り返る。後ろに立っていたのはセスカだ。

「ルルナが声をかけてきてね、少し様子を見てきてあげなって言われて来たのよ」

「……そ、そうなんだ」

なんとなく、セスカとどんな顔をして向き合えば良いのかわからなかった。だから返事も曖昧にしか出来なくて、視線を泳がせてしまう。

その間にもセスカは私との距離を詰めて、隣へと立った。そして明かりを灯《とも》している街へと視線を向ける。

「こんなに明るいのは初めてね。悪くない……うぅん、とても綺麗なんじゃないかしら。見慣れた景色でも、こうなるとちょっと胸が躍るわね」

「……うん、私もそう思う。凄く綺麗」

それから暫《しばら》く、無言で街を眺めてしまう。言葉が見つからなかったというのもあるけれど、ただ隣にセスカがいるだけで落ち着いてくるような気がしたから。

お互い、どれだけ無言でいただろう。その間も、私はまだ夢の中にいるように呆《ほう》けてしまう。

だから、いきなりセスカに頬を突かれて勢い好く後退《あとずさ》ってしまう。

「い、いきなり何をするのさっ?」

「意識がここにあらず、みたいな顔をしてたから呼び戻してあげようと思って」

「普通に声をかければいいでしょ! なんで毎回、変なちょっかいをかけてくるの⁉」

「反応が面白いから」

「むきーっ!」

セスカは私の反応を楽しんでいるのか、クスクスと笑っている。その笑顔がいつもより柔らかく見えたような気がして、私はセスカの顔を見つめてしまう。

「どうしたの? 人の顔をジッと見て」

「なんか、いつものセスカじゃないみたいで」

「そうかしらね? ……まぁ、流石《さすが》に私も昂揚《こうよう》しているのかもしれないわね」

セスカが穏やかに微笑みながらそう言う。その表情を見て、私は何故《なぜ》か胸に温かいものが満ちたような気がした。

「……楽しい? セスカ」

「……楽しい? 私が?」

セスカがいつもと違って見えるのは、彼女が楽しそうにしているように見えたから。

いつだってどこか遠くを見つめて、何に対しても興味なさそうにしていたセスカ。

そんな彼女の気を引いて、いつも現実に呼び戻していたのは私だった。

「そうね……楽しいよ。きっと、今まで生きてきた中で一番」

負けて悔しそうには見えない。ただ楽しんでいる彼女の心境はどんなものなのか、私には想像が出来なかった。

「なんというか、すっきりしたわ」

「負けたのに？」

「負けたから、かも。正直、レーネが頑張ってるのは知ってたけれど、それでも負けてやるつもりなんて一切なかった。それなのに負けたんだなって。他でもないレーネに」

「そりゃ、私だって今日のために毎日頑張ってきたし……」

「皆、頑張ってたよ。私はそれでも自分が負けるなんてあり得ないって思ってた」

「私にも？」

「勿論《もちろん》。というか、よくあそこまでやったよね？　あの鱗《うろこ》の使い方、なに？　流石の私でもちょっと引いた」

「引かないでよ⁉　あれは私が必死に考え抜いて編み出した奥の手なんですけど⁉」

「本当にあり得なかった。鱗なのに防御のことを一切考えてないなんて、レーネは頭がおかしいと思う」

「うわ、セスカに言われたくないセリフだよ、それ！」

「──でも、だからこそ凄かった」

心の底からの思いを込めて、セスカがそう言った。その言葉だけで胸の奥が震えそうになる。火傷《やけど》してしまいそうな熱が込み上げて、涙腺を刺激していく。

「……やっぱり泣き虫レーネだ。また泣いてるの？」

「っ、泣いて、ないっ」

「泣いてたら見えないでしょう。この綺麗な景色も、楽しそうに騒いでる人たちも。皆、貴方を祝福しているよ。次の守護竜の巫子様、この都市で誰よりも尊い人」

セスカが私の肩に手を置く。たったそれだけのことなのに涙腺が刺激されて、ボロボロと涙が零れていく。

「貴方の頑張りがここまで届いたのよ。だから泣いてなんかいないで胸を張っていいの、レーネ」

巫子になりたい。それはずっと追いかけていた夢だった。どうしても叶えたくて、それでも叶わないかもと心折れそうなこともあった。

それでも諦めずに、遠すぎる目標まで導いてくれたのは他でもないセスカだった。

私が夢に届くまで努力出来たのは、セスカが一緒に夢を追いかけてくれたから。

「セスカ」

「なに？」

「ありがとう」

ここまで連れてきてくれてありがとう。そんな思いを込めて、笑みを浮かべてセスカに告げる。

私と一緒に競い合うことを楽しんでくれて本当に良かった。この都市での生活が退屈だと言うなら、腐って、諦めてしまっても仕方なかったのに。

それでもセスカは何かを変えたいと望んで、その願いを私に預けてくれていた。追いついてきて欲しいと、ずっと私を待っていてくれた。

「貴方を追い抜いたって思って良いくらい、私は立派になれたかな？　セスカ」

貴方が私の夢を繋《つな》いでくれたなら。私は貴方にとって何になれるのかな？　セスカ。

声に出来なかった問いかけに答えるように、セスカは穏やかな笑みを浮かべる。

「レーネは、私の自慢の親友だよ」

「……うん」

「主役が泣きっぱなしでどうするの。いつまでも呆けてないで、戻るよ」

セスカの手が私の手を引く。私は慌てて涙を拭いながらセスカに言う。

「ま、待ってよ、セスカ」

「目を離せないというのは変わらなそう。巫子になっても不安ね」

「ふ、ふん！　これからちゃんとするもんね！」

「朝、一人で起きられるの？」

「起きるよ！」

「わからないことがあったら私に聞かなくても大丈夫？」

「ちゃんと勉強するもんね！」

「不安だわ……」

「もう、私がセスカに心配ばっかりかけてるみたいじゃない！」

「あら、ちゃんと理解しているようで何より」

「うーっ！」

「だから、次はそうね。巫子の護衛でも目指してみようかな」

「え？」

「貴方がどれだけ立派になろうとも、放っておけないんだもの。私が勝手にレーネの心配をするだけよ」

「……意外とセスカって過保護だよね」

「そう? まぁ何をしでかすかわからない幼馴染《おさななじ》みを持った宿命かしら」

「それって誰のことなんだろうねー?」

「今にも声が震えそうな貴方よ」

「うがーっ! そんなにやらかした覚えなんてないもんっ!」

「はいはい」

あぁ、なんて他愛のない会話。そんな会話をしながら私たちは祭りの喧噪《けんそう》へと近づいていく。繋いだ手が少しだけ気恥ずかしかったけれど、なんとなく離したくなかった。

(私は本当に得難《えがた》い人に恵まれた。ありがとう、セスカ。貴方が私の親友で良かった)

心配してくれる貴方に恥じないような自分になるから。だから、どうかこのまま一緒に歩いていけますように。

この幸せな世界で、貴方と同じ幸せを感じたいから。貴方が退屈だと思ってしまう暇なんてないくらい、振り回してみせるよ。

繋いだ手を離す気にはなれないまま、私はセスカと並んで幸せな喧噪の中へと進んで行くのだった。

第三章　真実の眠る場所

私が巫子《みこ》に選ばれて、早くも一ヶ月程経《た》った。あれから私は忙しい日々を送っている。

次の巫子になるために必要な儀式の準備だったり、竜都を纏《まと》めている偉い人たちに顔見せしたり、伝統衣装を合わせたり、次から次へと予定が襲いかかってきたからだ。

「レーネちゃん、次に覚えるお務めなんだけど」

「ま、まだあるの⁉」

疲労困憊《ひろうこんぱい》な私に対してニコニコと笑うルルナ。彼女は私のお世話係になってくれていた。

正直、助けられてはいるのだけれど仕事を持ち込んでくるのもルルナなのでありがたみを素直に感じられない。

今日まであまりにも怒濤《どとう》の勢いで忙しかったので、まともな休みも取れていない。流石の私でも体力が尽きてしまいそうだ。

「も、もう少しお休みとか取れない……？　ダメ？」

「ダメです」

「はーい……」

拒否権はない。そう言わんばかりのルルナの笑みに負けて、私はルルナとの打ち合わせに向かうしかなかった。

そうして、心折れそうな日々を乗り越えてやってきた巫子お披露目の日。

私は朝からエルガーデン家のお手伝いさんに風呂《ふろ》に入れられ、これでもかと肌と髪を磨かれ、そして衣装の着付けをされているところだ。

為《な》されるがままに身を預けることしか出来ず、半ば現実逃避しながら待つこと数時間。

鏡には垢抜《あかぬ》けた、割と自分でも可愛《かわい》いのでは？　と思う私が映っていた。

「こ、これがお嬢様力……！　遂《つい》に私にもお嬢様力が……！」

「そんなものないわよ。衣装は問題ないかしら？　レーネちゃん」

「う、うん。苦しかったりしないよ」

巫子の伝統衣装は、いつもは遠目で見つめるものだった。そんな憧れの人の衣装を身に纏っているという現実に実感が少し追い付いていない。

鏡に映っている、化粧を施されて巫子の伝統衣装を纏っている自分が本当に自分なのかと、現実を疑ってしまいそうになる。

「それじゃあ、本番前にレーネちゃんにはもう一つお仕事だよ」

「お仕事？」

「立派な姿を見せるっていうお仕事だよ、ほら」

ルルナに促されて後ろへと振り返ると、そこには男女が二人立っていた。私はその二人を見て、思わず声を漏らしてしまった。

「お父さん！　お母さん！」

「レーネ！」

「おぉ、立派になったな……見違えるようだ」

そこにいたのは私のお父さんとお母さんだった。巫子に選ばれてからは忙しくて、休みの時にしか顔を合わせていなかった。

私は二人に駆け寄りながら飛びつく。お父さんがしっかりと受け止めてくれて、お母さんも交ざるように三人で抱き締め合う。

「こんなに大きくなっていたのね……レーネが巫子様になるだなんて、信じられないわ」

「ずっと巫子になるんだって頑張ってたもんな。レーネは夢を叶《かな》えたんだなぁ」

「うん！」

二人に優しく抱き留められていると、どこかホッとしてしまった。離れている時間は長くても、やはり家族はどこか特別な感じがする。

そんな二人が私が巫子になった姿を見て、立派になったと言ってくれる。それだけで胸がいっぱいになる。ギュッと二人を抱き締めてから、ゆっくりと身を離した。

「ルルナさんが先に会わせてくれるって言ってくれてね」

「先に見られて良かったわ。さぁ、お披露目に行ってきなさい。レーネが立派になった姿を見届けるから」

「……うん、しっかり見ててね！　私、ちゃんとやるから！」

元気よく満面の笑みを浮かべながら私は二人に返す。お父さんは満足げに、お母さんは少しだけ涙交じりに微笑《ほほえ》みながら部屋を後にしていく。

二人を見送った後、浮かんできた涙を化粧についてしまう前に指で拭う。

「ルルナ、ありがとう」

「お役目ですから。準備はよろしいかしら？　レーネちゃん」

「うん、行こう」

ルルナに返事をして、私は彼女に先導されるまま儀式の会場へと向かった。

会場には多くの人が集まっていて、今か今かと巫子が姿を現すのを待っている。

こんな光景を、私はいつも観客側で見ていた。祭りの時など、巫子が挨拶する前の空気とよく似ている。

でも、今は違う。ここが私の望んだ場所、私の願った夢。一歩踏みしめる度にその実感が湧き上がってきて、現実が不確かになってしまいそうだ。

「レーネちゃん、笑ってあげてくださいね」

ルルナに背中を押されて、私は皆の前に姿を見せた。その瞬間、大きな歓声と拍手が私を出迎えた。思わず圧倒されて足を止めそうになってしまう。

それでも胸を張って一歩ずつ前に進んで行く。私が向かうべき会場の中心、そこに都長が待ち構えていてくれた。

都長が立っている壇上に私も上がると、都長が微笑を浮かべながら私を見た後、集まっていた人たちへと視線を向ける。

「ここに新たな巫子の就任を祝いましょう。当代の巫子の名は、レーネ・トレニア！」

都長の声に、再び歓声が響き渡る。大人も、子供も、老人も、今日という日を祝ってくれている。そんな皆の声に応えたいと、私は軽く手を上げて振ってみせた。

私は夢見ていた場所に立ったんだと。漸《ようや》くその実感が追い付いてきて、どうしても笑顔と涙が零《こぼ》れるのが抑えられなかった。

＊　＊　＊

「お口には合うかしら？　レーネちゃん」

「と、とても美味《おい》しいです……」

私は緊張で声が震えそうになりながらも、問いかけてきたルルナにそう返答する。

ここはルルナの実家であるエルガーデン家のお屋敷《やしき》だ。儀式が終わった後、次の巫子として都長と会食する必要があり、こうしてお食事を頂いている訳だ。

お食事はとても美味しいのだけれど、お屋敷の空気に場違い感がするし、学んだばかりのマナーに不安を覚えてしまう。うぅ、ご飯はもっと気楽に食べたいなぁ。

「それは良かった。満足して頂けたなら何よりだよ」

都長が朗らかに笑って言うけれど、私は恐縮しながら愛想笑《あいそわら》いを浮かべることしか出来ない。もしかして、これも巫子になるために必要な苦行なのだろうか。

「しかし、改めて驚いたよ。まさかレーネちゃんが次の巫子になるとはね」

「は、はぁ……」

「ルルナも決して腕が劣るとは思っていなかったが、ファルナ家自慢の才女であるジョゼット嬢、そのジョゼット嬢をも凌《しの》ぐのではないかと言われていたセスカくんがいたからね。正直、レーネちゃんが勝ち残るとは思わなかったよ」

「それは……そうですね。セスカもジョゼットも、必ず勝てる相手とは言えないです」

「だが、それでも君は勝利した。組み合わせという運もあったかもしれないが、それこそ我らが守護竜、ルドベキア様の導きだと思えば運命とさえ言えるだろう」

「運命ですか……」

「そうだとも」

都長は微笑みながら言ってくれたけれど、私はいまいち呑《の》み込むことが出来ない解釈だと思った。

だって、私がセスカに勝つことが運命だったなんて、それはなんだか違う気がする。

私たちがあの場所で向き合ったのは、互いに自分で進む道を選んできたからだ。

それを運命という言葉で済ませてしまうのは、やはりどうにもしっくり来ない。だからといって反論する程でもないと、何も言わずに笑みを浮かべておく。

「さて、レーネちゃん。いや、次の巫子となる君にいつまでもちゃん付けでは失礼か」

「では、レーネ様と呼びましょうかしら？」

「ル、ルルナ……からかわないでよ」

クスクスと笑うルルナに私は唇を尖《とが》らせてしまう。そこで彼女を見た時、何故《なぜ》か一瞬だけ寒気を感じた。慌てて彼女を観察してしまう。

ルルナの表情はいつも通りで、相変わらず何を考えているかわからない。

気のせいだったかと首を傾《かし》げていると、都長に声をかけられた。

「それでは、レーネ様。次の巫子となられる貴方《あなた》には伝えなければならないことがある。このまま一緒に来て貰《もら》えるかな？」

「どこに行くのですか？」

「エルガーデン家が護《まも》り続けてきた、巫子が知らなければならない義務を知る場所さ」

都長は目を細めて笑っている。その笑みがルルナにそっくりだと思ったけれど、同時にあまり似ていないとも思えてしまった。

この違和感は何なのだろうか。そんなことに首を傾げながら、私は都長とルルナに案内されるままにエルガーデン家の屋敷の裏手、その奥へと移動するのだった。

＊　＊　＊

都長とルルナに連れられてやってきた場所で私を待っていたのは、何やら荘厳《そうごん》な造りの大きな門。

門の前には門番が立っていて、私たちが来ると一礼をしてから門を開く準備を始める。

「あの、ここは？」

「我が家が管理している、普段巫子がお住まいになる祭壇へと続く道だよ」

厳重に閉じられていた門が門番によって開かれていく。

門の先には洞窟があり、中は幾つもの淡い光で照らされていた。

その光に何故か視線を奪われてしまう。何故かと思ったけれど、その光に守護竜様の力を感じ取ったからだった。

「あの、都長。この灯《あか》りになってる石から守護竜様の力を感じるんですが……？」

「それは竜石と呼ばれていてね、守護竜様に反応して光るものだ。君たちの武器や、都市の結界の基点にも使われているものだよ」

「ひえっ！　そ、そうだったのですか……？」

「あぁ、そうだとも。さぁ、目的地はこっちだ。付いて来たまえ」

貴重な品を前にして震え上がる私を促すようにしてから、都長とルルナは先へと進んでいく。私もその背を追うようにして洞窟を歩いて行く。

奥へと進んでいく度に守護竜様の力が強くなっていくように感じる。思わず心臓が高鳴り、一歩進む度に現実から離れていきそうになる。

（この先に一体何があるんだろう？　ま、まさか、いきなり守護竜様と対面とか⁉）

もしそうだとしたら、あまりにも急すぎるよ！　はわわ、心の準備が出来ていない！

そんな風に慌てていると、光が一際《ひときわ》強い広い空間へと出た。

そこは巨大な空洞になっていて、その奥には澄んだ泉があった。

けれど、私はその綺麗《きれい》な泉より視線を奪われるものがあった。同時に、自分が何を見ているのかもわからずに呆《ほう》けることしか出来ない。

「…………え？」

思わず声を漏らす。それから目を擦って、もう一度目の前に広がった光景を見る。

「……なん、ですか？　これ」

私は声が掠《かす》れながらも、問いを投げかける。

――目の前に広がった光景、それは半ば岩壁に埋《うず》もれながらも頭《こうべ》を垂れるように下げている巨大な白骨だった。

人など簡単に丸呑《まるの》み出来そうな巨軀《きょく》を持つ生物の白骨、その頭部。目があった筈《はず》の場所からは涙のような雫《しずく》が落ちて、それが泉へと伝っていっている。

「これは……何の骨ですか？」

「わからないかい？」

いつもと変わらない調子で都長が私へと声をかける。

その傍《かたわ》らに佇《たたず》んでいるルルナは、いつもの笑みを消して私を見つめていた。

「これは、これって、そんな、まさか——」

「——君が思っている通り、これが我らが都市の守護竜ルドベキア様。その亡骸《なきがら》だ」

亡骸。たったその一言だけなのに、まったく頭に入ってこない。

自分が真《ま》っ直《す》ぐ立っているのかもわからない。今にも目眩《めまい》を起こして倒れてしまいそうだ。それでも私は倒れている暇もないと、涙を流しているような白骨を見つめる。

「これが……ルドベキア様……？　亡骸……死んでる……？」

自分で口にして、ようやく目の前の光景が飲み込めてきた。それでも信じ切れない。

いいや、ただ信じたくないだけだ。

だって覆《くつがえ》せない事実は目の前にあって、私は認めてしまっている。

これは本物だ。修練を積み続けてきた守護竜様の力、その源泉であることを。

他ならぬ私が身につけた力、それが目の前の事実を肯定してしまっている。

「驚くのも無理はない」

「都長……これは一体、どういうことなんですか⁉」

「これがエルガーデン家、都市を治める者として民に伏せていた真実だ。この都市の守護竜であるルドベキア様は亡骸となり、その力だけが残された状態だ」

「力だけ……一体、いつから……？」

「巫子《みこ》が血筋ではなく、選定による交代制になってからよ」

「それって……もう何百年前の話……？」

「それぐらい前なのは確かよ。エルガーデン家が都市の権力を握ってから、ね」

私の疑問に答えたのは都長ではなくて、ルルナだった。

その口調はいつもの間延びしたものとは違い、まるで哀れむかのようだった。

「……守護竜様が亡《な》くなっているなら、巫子は？　巫子は守護竜様の代理人ですよね？」

「そのままの意味だよ。巫子は代理人として守護竜様の代わりとなり、その力を以《もっ》てこの都市を守る存在。それが巫子の役割なのだよ。レーネちゃん」

「それは、そうですけど！　でも、違う！　私は、だって、守護竜様に恩返しがしたくて、巫子としてこの都市のために！」

「君が言っている通りだよ。何も変わらないだろう？　確かに守護竜様は亡くなられている。だが、守護竜様が残した力も、意思も既に私たちが引き継いでいる」

違う。都長が言っていることは何かが間違っている。

まるで話がすり替えられているような、そんな気がしてならない。

「……なら、どうして公表しないんですか」

「ふむ？」

「守護竜様がもう亡くなられてるって、どうして公表しないんですか⁉」

「公表する理由は？」

「理由って……！」

「公表して、どうしたいのかね？」

平然と問いかけてくる都長。私は頭に血を上らせてしまい、手を払うように振りながら叫んだ。

「貴方たちは、都市の皆を騙《だま》してるんですよ⁉　皆、守護竜様が生きていると思ってる！　巫子と一緒にこの都市を守ってるって、そう信じて！」

「生きているとも。守護竜様はまだ生きている。君の巫子としての恩恵も、それは守護竜様が与えたものだ。その亡骸には、まだ我々に加護を与える意志が残っている」

「違う！　そんなの守護竜様の亡骸を良《い》いように利用しているだけじゃないですか⁉」

「守護竜様はそれをお許しになったのだよ。だから人はその後を託され、我々は守護竜様の力を受け継ぎ、この竜都を維持し続けてきたのだ」

「……何、それ」

私は足下が崩れ落ちそうになるのを堪《こら》えるので精一杯だった。

守護竜様はとうの昔に亡くなられていて、それを知っているのは一部の人だけで。

残されたのは守護竜様の力だけ。その力を使って都市は存続を続けてきた。それは確かに生きているといえば生きているのかもしれない。でも、それは力だけだ。

隠すのは本当に正しいことなの？　正しいことなら隠す必要だってない筈なのに。

「……君は、私たちを疑っているのかね？」

「疑うに決まってるじゃないですか！　こんな大事なことを隠してきたんですよ⁉」

「それは必要なことだからだよ」

「必要なこと……？」

「守護竜様が亡くなられている。自分たちを守ってくれているのは、あくまで引き継いだ力だけ。つまりは人だ。そしてこの竜都ルドベキアを治めているのは私たち、エルガーデン家の者だ。我々にはこの都市を存続させるという責任がある」

「それは、そうですけど！　でも、それなら隠す理由は⁉」

「どれだけ力を残そうとも、守護竜様が亡くなられたのは事実だ。私たちの心の拠《よ》り所《どころ》は守護竜様にあった。では、その守護竜様が実は亡くなっていると知ったら人はどうなると思う？　もし、その力に目が眩《くら》んだものがいれば何が起きると思う？」

「……それは」

「守護竜様という象徴は必要なのだ。この都市を守り繋《つな》いでいくためにはね。だから巫子が必要なのだよ。守護竜様の意思と力を引き継いでいくために。しかし、あくまで守護竜様が残したのは力だけだ。そして、それをどう扱うのかは人に委ねられている。それが何を引き起こすのか……君には想像出来るかな？」

「何が起きるのかって……」

「――君は、そんなに人同士の争いを起こしたいのか？　と聞いているのだよ」

都長に問われて、悪寒《おかん》が背筋を駆け抜けていった。この真実を告げることでこの都市で争いが起きる……？

「我々は争いを回避するために真実を公表せずにいるのだよ。守護竜様は亡くなり、巫子という存在すら絶対ではないと知られれば、私たちは一つに纏《まと》まることが出来ない」

「……それは」

「私たちのように都市の安寧を望む者もいれば、この都市の平穏に飽いて外を目指す者もいるだろう。意見を違《たが》えるのは人である以上、避けられないことだ。もしも、この都市に住まう全ての人の意思が統一されるなら、真実を伏せずに済む道もあっただろう」

都長は笑みを浮かべながら私へと歩み寄ってくる。そして、私の肩に手を置いて耳元で囁《ささや》くように告げた。

「しかし、それは不可能だ。だからこそ人以上の存在、指針となる絶対的な象徴が必要なのだ。守護竜様が亡き今、それを担《にな》えるのは巫子だけなのだよ」

「……」

「レーネ・トレニア。君は次の巫子としての責任を背負った。そうだね、君がもし全ての真実を公表するというのなら、それは構わないよ。君がそんなにも都市の住人同士で争わせたいというのなら、我々に止めることは出来ないのだからね」

「そんなこと……！　私は望んでない！」

「なら、君は巫子になって何がしたかったのかね？」

「私が……巫子になりたかったのは……」

私は幸せだった。この都市での日々は幸福に満《み》ち溢《あふ》れていたから、その幸福を与えてくれている巫子様や守護竜様に恩返しがしたかった。

だから巫子を目指した。私も誰かの幸福を守れるような人になりたかったから。

でも、私が憧れた守護竜様はとうの昔に亡くなっていて、巫子様だって思い描いていたものとは違っていた。

何が正しくて、何が間違っているのか。

思考だけがぐるぐる巡って、何もわからなくなりそうだ。

真実を告げられて騙されていたと思う。けれど、それは必要な嘘《うそ》だった？

だって真実を告げてしまったら、信じられるものがなくなってしまう。

だから、都市の皆には隠さなければいけなかった。

人同士で争わないようにするために、この幸福な日々を壊してしまわないように。

「私たちのことを間違っていると思うかね？」

「……わかりません」

「もし、君が私たちを信じられないというなら排除すると良いさ。その時、都市がどうなろうとも私たちが責任を負う立場にはない。君こそが、この都市の命運を背負う存在となるのだからね。その上で、私は心から君の助けになりたいと思っているよ」

都長の言葉は、素直に受け止められない。まるで言いくるめられているかのようだ。

そうだとわかっていても、間違っていると言い切ることも出来ない。

都長が告げたのは事実だ。仮に彼等《かれら》を糾弾しても、守護竜様が亡くなっていたという事実は変わらない。

なら、どうすれば良いのだろう？　守護竜様が亡くなっている。

でも、巫子が守護竜様の力を引き継げばこの日々を続けることは出来る。

今までのように真実を隠して、都市の人たちを騙して、幸せな日々を維持する。

それは間違っているけれど……正しいことなのではないの？

迷う私に、更に惑わせようとするかのように都長は囁く。

「――君は、この都市を愛しているかい？」

都長の問いかけに、私は歯ぎしりをする程に噛《か》み締《し》めた。肩に置かれた都長の手を振り払って、彼を睨《にら》み付《つ》ける。

結局、何も言葉が出て来なくて――私は逃げるようにその場を後にすることしか出来なかった。

＊　＊　＊

どこをどう走ったのか、もう覚えていない。

洞窟を抜けて、屋敷《やしき》を飛び出して、街まで来てしまった。誰かに顔を見られたくなかったから裏道に入って、牧場から花畑へと抜ける道を全力で駆けていく。

その果てに都市と外の世界を隔てる壁へと辿《たど》り着《つ》いてしまう。勢いがついたまま、私は跳躍して壁の上へと立つ。その先には外の世界へと続く崖が見えた。

あそこを乗り越えていけば、外の世界に飛び出すことが出来る。

壁を越えて、更に足を踏み出そうとして……足が動かなかった。この境界を踏み越えてしまったら取り返しのつかないことになりそうな予感がしたから。

だから、ただ壁の上に立って、立ち尽くすことしか出来ない。崖を見上げるように睨んでいたけれど、その視線も自然と下がってしまう。

「……どうして」

どうして、と。零《こぼ》れた一言が私の胸中の全てだった。

こんなこと、聞いていない。真実を隠していたなんて許せない。

でも、それならどうすれば良いの？　私は何をどうしたいっていうの？

「……わかんないよ」

ずっと、巫子になれば夢が叶《かな》うんだって思って走ってきた。それなのに、辿り着いた場所には夢があるどころか暗い絶望の穴が口を開いて待っていた。

気力が削り取られるように消えていく。その場にくずおれてしまいそうな吐き気と目眩《めまい》を覚える。

それでもくずおれることが出来ないのは、どうしてなのだろう。

「……夢が叶うって、思ったんだ」

皆が、喜んで、笑ってくれていた。

「頑張ったねって、言ってくれたんだ」

皆は、何も知らないから。

「なんで」

あれすらも、全部嘘になってしまうのだろうか。

私が真実を告げて回ったら、皆の喜びや期待は落胆と絶望に変わってしまうのか。

そんな想像をしただけで、吐き気が堪えられなくなる。その吐き気を必死に堪えながら、
その場に膝をついて蹲《うずくま》る。

「……どうして」

どうして、こんなことになっているの？　わからない、わからないよ。

正しいと信じてきたものは、全部嘘で。何一つ本物なんてなかった。

なのに、騙されたと訴えれば全てが壊れてしまう。なんで？　意味がわからない。

どうして、それを私が背負わなければならないの？

「……私が、勝ち残ったから？」

巫子《みこ》になりたくて、勝ち残ったのが間違いだったの？

騙《だま》されたのは私も同じなのに、私が悪いの？

だって都長は酷《ひど》い真実を隠していたじゃない。

どうして私がこんな思いをしなきゃいけないの？

「……どうすれば、良《い》いの」

正しいと信じた物は、もう何一つ残っていない。それなら、どこに向かって走れば良いの？　間違っていると思うなら、真実を皆に公表してしまえば良いの？

『──君は、そんなに人同士の争いを起こしたいのか？　と聞いているのだよ』

胃が捻《ねじ》り上げられるような痛みに唇を噛み切る勢いで噛み締めてしまう。

脳裏に浮かぶのは親しい人の顔。

セスカ、お父さん、お母さん。

近所のおじさんやおばさんたちに子供たち。

色々なことを教えてくれたお爺《じい》さんやお婆《ばあ》さんたち。

記憶の中にある人たちは皆、笑っていた。皆、喜んでいてくれた。皆、皆……！

「……私は」
ゆっくりと顔を上げる。震えそうな足で立ち上がって、壁の上で振り返る。
竜都ルドベキア。私が育った街がそこにある。
色取り取りの花々で彩《いろど》られた花畑。
羊を連れて家に帰ろうとするお手伝いの子供たち。
市場では活気が溢れた声がここまで届いてきそうだ。
誰もが、今日という一日の幸せを謳歌《おうか》している。
その光景に涙が出そうになった。
ゆっくりと歩き出す。壁を降りて、花畑を横切るように進む。
遠くから羊を追いかける子供たちの声が聞こえてくる。
やがて市場が近づき、人の営みの響きが聞こえてくる。
「――レーネ？」
市場にもうすぐ入るといったところで声をかけられた。
振り返れば、そこにはセスカが立っていた。

「……セスカ？」

「こんな時間に何やってるの、貴方《あなた》？」

間もなく日は沈み、夜が来る。夜が来れば人は眠りにつく時間だ。

こんな時間に外に出ているのは見回りの人たちくらいなものだろう。

だからセスカも怪訝《けげん》そうに私を見ているんだろう。その表情に少しだけ心配そうな色が交じった気がする。

「……大丈夫？」

セスカにそう問われて、私は思わず出かかった言葉を飲み込んだ。

――今、ここでセスカに助けを求めたら、セスカは私を助けてくれるだろうか。

誰かに弱音を吐きたかった。こんなの望んでいたものと違うと。

こんなことを望んで巫子になった訳じゃないと泣き叫びたかった。

(でも、それを聞いたらセスカは何を思うだろう？)

ずっと、セスカはこの都市を疎《うと》んでいた。退屈な世界だと醒《さ》めた目で見つめていた。

私が都市の真実を伝えたら、セスカはどう思うだろうか？

きっと、この都市を見限るだろう。折角浮かべてくれた笑みを消して。

結局こんなものなんだと、全てを諦めたように。

そして、そのまま都市を去っていくかもしれない。

そんな想像をしてしまったら、私はもう笑みを浮かべることしか出来なかった。


「……うん、大丈夫だよ」


──だから、嘘を吐《つ》く。

ちゃんと笑えているといいなと、そう思いながらセスカに向けて微笑《ほほえ》みかける。

セスカが驚いたようにハッと目を見開いている。彼女は鋭いから、このまま喋《しゃべ》っていると勘づかれるかもしれない。だから、いつも以上に元気に振る舞ってみせる。

「ほら、巫子になるから色々と勉強したりとかしなきゃいけないでしょ？　そうなったら自由に出歩ける時間もなくなるな、って。だからぐるって散歩してきたんだ！」

「……レーネ」

「あっ、いっけない！　もう戻らないといけない時間なんだ！　うっかり感慨深くて時間が過ぎちゃいそうになっちゃったな！　それじゃあね、セスカ！」

──ごめんね、セスカ。

心の中でそう呟《つぶや》いて、まともに顔も見られないまま駆け出す。

走って、目と鼻の奥から湧き上がってくる熱は感じなかったことにする。

そうして辿り着いたエルガーデン家の屋敷の前。

そこで待ち構えるように都長とルルナが立っていた。

ルルナは目を合わせないように顔を背けて、都長はいつもの笑みだ。

「気は済みましたか？」

ただ、それだけ。まるで答えがわかっているかのような問いかけだ。

私は都長を睨んでから歯ぎしりを鳴らす。それからゆっくりと息を吐く。

内に溜《た》まった感情が弾《はじ》け飛んでしまわないように、その熱を逃がすように。

「……貴方たちは、卑怯《ひきょう》だ」

「そうだろうね」

「……でも、私は巫子だから。この都市を守らなきゃいけない」

私がそう返答すると、都長は満足げに頷《うなず》いた。

その表情を憎らしく思っても、何も言えなかった。

私は──この平和を壊すことなんて選べない。


だから、私だって口を閉ざすしか道はなかった。

真実を告げて、結果として竜都が滅んでしまったら何も残らない。

だから受け入れて、嘘《うそ》を吐き続けることしか出来ない。

そうしないと皆を傷つけて、失望させてしまうから。

「よく決意してくれた。私たちは君の味方だよ。君がこの都市を守ろうとする限り、それは絶対だ。どうか我らを、この都市を守る巫子として尽くして欲しい。巫子レーネ」

巫子。そう呼ばれることが私の夢だった。

それなのに、今は巫子と呼ばれることが……何よりも苦しかった。

「それでは、巫子の引き継ぎを行おう。早ければ早い方が良いからね」

「……私は何をすれば良いんですか？」

「簡単なことだ。守護竜様の亡骸《なきがら》の下で溜まる泉に身を浸してくれれば良い。そうすれば何を為《な》すべきかわかる。さぁ、説明の続きは戻ってから続けよう」

そう言って都長はルルナと一緒に先程の道を戻っていく。

私も無言でその後を追う。そして、二度と目にしたくなかった光景が再び目に入った。

守護竜様の亡骸から涙のように零《こぼ》れ落《お》ちた雫《しずく》。それが溜まって出来上がった泉を指し示しながら都長は言った。

「さぁ、泉にその身を浸して貰《もら》おう。あぁ、そうだ。まずは正装に着替えて貰うのが良いだろう。巫子の装束なら濡《ぬ》れても気にせずに済むからね。ルルナ、着せてやりなさい」

「……わかりました。レーネちゃん、こっちよ」

ルルナに促されるまま、私は空洞の横に空いた穴を潜《くぐ》る。

そこは小部屋になっていて、生活に必要なものが揃《そろ》っているようだった。

「ここは……」

「巫子と、巫子の付き人が過ごす部屋よ。着替えもここにあるわ」

私に説明しながらルルナが衣装棚の戸を開いた。

その中に入っていたのは、見覚えがある巫子の装束だった。

巫子は普段、表には出て来ない。でも、お祭りや儀式の時にはこの装束を纏《まと》っていた。

この装束を纏うことにずっと憧れていた筈《はず》だったのに、今は何も嬉《うれ》しくない。

「レーネちゃん」

「……」

「……着替えるの、やっぱり嫌？」

「……着替えるよ。巫子なら、着なきゃいけないんでしょ」

「そうね」

ルルナに促されるまま、私は身に纏っていた服を脱いでいく。

生まれたままの姿になるとルルナが手伝ってくれて、巫子の装束を纏っていく。

その間、私たちの間に会話はなかった。黙々とルルナによって着替えさせられて、私は巫子の装束を纏った自分を鏡で見た。

鏡に映ったのは、感情が凍《い》てついたような表情をしている自分だった。

「レーネちゃん」

「……わかってる」

鏡に映る自分を睨《にら》み付《つ》けていたら、ルルナが私を呼んだ。その声に促されるようにして小部屋から出ると、ずっと待っていた都長が微笑を浮かべながら軽く拍手をした。

「実に似合っているよ、巫子レーネ」

「……どうも。それで、このまま泉に入れば良いんですか？」

「その通りだとも」

私は都長を睨み付けた後、軽く深呼吸をしてから泉に足をつけた。

人肌よりは少し冷たい水、その水の中へとどんどん足を踏み入れる。

水に触れた部分からぞわぞわとした感覚が這《は》い上《あ》がってくるかのようだった。

私は誘われるように泉の中心、守護竜様の頭部の下へと向かう。水の高さは胸元よりもやや低くまであり、腰から下は完全に泉に浸《つ》かっている状態になった。

見上げるように視線を上げると、涙のように雫が落ちてきているのが見えた。思わず手を伸ばして、その雫を手に取った瞬間——全身に激痛が走った。

「あっ、ぎ、ぃっ……!?」

絶叫しそうだったのを無理矢理歯を噛《か》みしめて堪《こら》える。そのまま崩れ落ちるように私は水音を立てて泉へと沈んだ。ごぼり、と泡が上っていき、水を飲み込んでしまう。

全身を苛《さいな》む激痛は酷《ひど》くなっていく。けれど、それはとても慣れ親しんだものだった。

(これ、守護竜様の……力……!)

オーラとして扱えるようになった力、その力よりも高濃度なものだ。

この力の受け皿になるため、皆は巫子《みこ》としての修行を積むのだと理解した。でなければ人はこの力に耐えることすら出来ない。まるで毒を飲んでしまったかのように、守護竜様の力は私の身体《からだ》を蝕《むしば》んでいく。あまりの激痛に錯乱しながら水の中で藻掻《もが》いてしまう。

（――痛い、痛い、痛い、痛い痛い痛い痛い痛い痛い痛い痛い痛い痛い痛い痛いッ！）

水の中にいるのすら苦痛で、飲み込んでしまった水が沸騰しているかのようだ。

内と外、高濃度の守護竜様の力に晒《さら》されて私は死を覚悟した。

それ程までの激痛だったのだ。だからなのか、私は無意識の内に動いていた。

身体を蝕む程の守護竜様の力、それを流動させて全身に馴染《なじ》ませるように操作する。

それは鱗《うろこ》を纏う際の感覚と良く似ていた。その甲斐《かい》あってか痛みが落ち着いてきた。

そこでようやく身体の自由を取り戻して、私は水面へと浮かび上がる。

「げほっ！　げほっ、げほっ……！　げほっ……！」

呑《の》み込んでしまった水を吐き出し、空気を取り入れようとして噎《む》せ返《かえ》ってしまう。

噎せ返る度にまだ身体が軋《きし》む。緩んでしまわないように必死に力を制御する。

「――素晴らしい」

落ち着いて呼吸が出来るようになると、今度は都長の恍惚《こうこつ》とした声が聞こえてきた。

「素晴らしい、素晴らしいよ、巫子レーネ！　成る程、成る程！　それも鱗を、守護竜様の力を身に纏うことに長《た》けた君だからこそか！」

何がそんなに嬉しいのか、都長は手まで叩《たた》いている。そんな様すらもどこか遠い世界の出来事のように感じてしまう。

「これは盲点であったな！　これならば今代の巫子は長持ちしてくれそうだな！」

「……都長」

「わかるだろう？　もう君ならばわかるだろう？　今、君がどんな存在であるべきなのかを！　その素晴らしさを、君自身が誰よりも！」

興奮したように捲《まく》し立《た》てる都長の声を聞きながら、私は自分の掌《てのひら》を見つめてしまう。

守護竜様が亡《な》き後も何故《なぜ》変わらずに都市の生活を守れたのか、実感として理解出来た。

──これはまるで、私自身が竜になったようなものだ。

もう今までの自分とはまるで違う。生まれ直したかのような気分とすら言える。

世界に対する感覚が違う。身の内に宿るものが、自分がどういう存在なのかを教えてくれるかのようだ。

「……あぁ」

これが、巫子になるということなんだ。

私は暗い穴底に落ちたような絶望感を味わっていた。

痛みはマシになったけれど、それでも自分を蝕むような感覚は消え失《き》せ《う》ることはないだろう。

これからずっと、一生、ここに守護竜様の力が残り、器として在り続ける限り。

こんな痛みを歴代の巫子は味わってきたのだろうか。この都市の幸福を守るために。

(——はは、本当にこれじゃあ生贄《いけにえ》だね……)

感覚が変わったことを実感する度に絶望していく。

世界はこんなに脆《もろ》くて儚《はかな》かったんだと知ってしまって、それが一気に精神を削り落とすように私から人間性を奪っていく。

ただ何も出来ずに立ち尽くして、濡れた髪から滴《したた》り落ちた雫が頬を伝う。

——私、何もかもなくしちゃった。そんな思いが涙になって落ちていった。

第四章　差し込んだ一筋の光に

なんだか、嫌な予感がする。

私――セスカ・コルネットはそんな自分の直感に眉を寄せていた。

レーネが巫子に選ばれて一ヶ月。それから私は特にやることがなくなってしまった。

そして暇を持て余して、気まぐれに出かけた先でレーネを見かけた。

巫子に選ばれてから忙しい筈の彼女があそこにいるのもおかしかったし、その様子もなんだかおかしかった。

（アイツのあんな表情、今まで見たこともなかったな……）

今まで見たことのない表情、そして何かを誤魔化そうとするような態度。私にすら何かを隠そうとしているような態度に不安を覚えてしまった。

（何かあった……？　でも、あのレーネよ？　何か後ろめたいことを隠せるような子じゃない。じゃあ、何か面倒事でも抱え込んだ……？　折角、巫子になったのに？）

思考が延々と巡って、なんだかもやもやとする。

これだけ長い間、レーネと離れていたのは不思議な感覚で、だからこそ余計にレーネが気になってしまうのかもしれない。

(余計な心配かしらね……)

あの子はようやく長年の夢を叶《かな》えた。なら、心配することなんてない筈だ。

私も、レーネのおかげで長年の蟠《わだかま》りも解けた。……その筈だ。それでも、目を閉じればすぐに思い出せてしまう。私に語りかけるその声を。

『――セスカ。お前は賢い子だから、将来は巫子になれるだろうね』

私は幼い頃から神童と呼ばれる程度には聡《さと》い子供だった。

同じ年の子供に比べて物わかりが良かったし、運動だって負けたことがなかった。

けれど、何でも出来てしまうということは私にとっては退屈だった。

守護竜様に守られ、千年続いたと言われる都市、竜都ルドベキア。

幸福である代わりに何も変わらない毎日。十分過ぎる程に富み栄えているから、変わる必要なんてない。人々はただ幸福を享受しているだけで生きていける世界。

そんな世界で生きている人たちにとって頂点であり象徴と言えるのが守護竜の巫子だ。

守護竜の力を授かり、竜と共に都市を守り、民を導く者。何の巡り合わせだったのか、次の巫子を選ぶ時期が近づいていて、私は丁度良《い》い年頃を迎えそうだった。

そうしていつしか、誰もが次の巫子は私なのではないかと囁《ささや》くようになっていた。


(――ふざけないで！　誰がそんなものになるもんか！)


誰がこんなつまらない世界を象徴し、守り抜かなければならない存在にならなきゃいけないと言うのか。

餓《う》えることに困らず、明日への不安もなく、ただ日々を受け入れていれば変わる必要もなく生きていける。それは確かに幸福の一つだと思う。

でも、何も変わらず、ただここで生きて終わるなんて、それは植物と何が違うの？

植物と同じでいいなら、私が人である意味は？　何のために退屈だという感情はあって、こんな苦痛の中で生きていかなければならないの？

答えは誰も教えてくれない。だから、私は外の世界を見たくなってしまった。

外の世界への期待と好奇心、都市への不満と嫌悪《けんお》。遂《つい》に鬱憤が溜《た》まった私は外の世界に最も近い外壁に向かっていた。

――そして、そこで後の親友となるレーネとの出会いがあった。

『そっちは危ないから行っちゃダメだよ！』

必死な形相で、息を切らせながら私の手を摑《つか》んできたレーネ。引き留めようとする彼女に対して私が思ったのは――憎しみにも近い感情だった。

大人の言うことをよく聞いて、退屈な世界に慣れきってしまった、自分と違う優等生。どうせこの子も、私の悩みも苦しみも何一つわかってくれない。そんな思いから無理に引き留めようとするレーネをこれでもかと泣かせた。

今思えば、それはただの八つ当たりだ。そんなの普通は嫌われて、距離を取られてもおかしくなかった。

それでもレーネは泣きながら私を引き留めた。足を踏まれて、叩かれて、髪を引っ張られても、それでも私を行かせないと私の手を摑んだ。

『行っちゃ……ダメなんだってばぁ……！　危ないからぁ……！』

むしろ危ない目に遭っているのはレーネの方だ。同年代では喧嘩《けんか》負けなしの私にズタボロにされているのに、それでも諦めなかった。

『……どうしてそこまでして止めようとするの？』

『だから、危ないって言ってるでしょぉ！』

『私にこんなに虐《いじ》められてるのに、どうして止めようとなんてするの？』

『危ないからって言ってるでしょー！　バカぁー！』

泣きながらも必死に引き留められて、私は毒気を抜かれてしまった。それから泣きじゃくったままのレーネの手を引いて一緒に帰ったことは今でも覚えている。

それからレーネは私を見張るかのように一緒に行動するようになった。

けれど、レーネはとにかくお人好《ひとよ》しで、目についた喧嘩の仲裁だとか、泣いている子にすぐさま駆け寄ったりと忙《せわ》しない奴《やつ》だった。

最初は、弱いくせに喧嘩を止めようと身体《からだ》を張る姿をバカだと思って見ていた。けれど、次第に放っておけなくてレーネに手を貸すようになった。

私がレーネと一緒に仲裁に入るようになってから、レーネが泣きながら仲裁に入るような光景は少なくなっていった。

代わりにレーネが見せるようになったのは、心の底からの笑顔だった。

『いつもありがとね、セスカ！』

自分より他人が優先で、一生懸命になって傷ついてもへこたれない。

どうしてそこまで他人のために頑張れるのか理解に苦しんだ。そんな疑問からレーネから段々目が離せなくなっていった。

いつも私はレーネを見て来た。アイツが笑った顔も、怒った顔も、泣きそうな顔も。

巫子《みこ》になれなかった瞬間、今まで私をもて囃《はや》していた人たちはあっさり去っていった。その中には自分の両親も含まれている。

顔を合わせれば事ある毎《ごと》にお前は巫子になるんだろうなぁ、なんて話していた両親だ。今更、巫子にならなかった私とどう接していいのかわからないらしい。

別に両親の態度についてはどうでも良い。何年も前から互いに理解することはないだろうと諦めていたから。

だから家に帰るのも落ち着かず、レーネと暮らしていた部屋で過ごしていた。

それでも前のように授業や訓練がある訳ではないので、気晴らしにいつもの場所で訓練する日々を送っていた。

もしかしたら、ひょっこりレーネが顔を出しに来るんじゃないかと思っていたから。

けれど、レーネとの再会は私が想像していたものとは懸け離れていた。

「一体何があったのよ……」

何か嫌な予感がする。首筋が落ち着かないような、そんな焦燥感が不愉快だった。

かといってどうすれば良いのか。レーネは今、巫子になるための準備で忙しいと聞いているし、会いに行っても会わせてくれるだろうか。

そもそも、なんで私がレーネのところを訪ねなければならないのか。何か困っているなら一人で悩んでいないで相談しに来れば良いのに。

そんなことを考えていると苛々《いらいら》してしまう。そして苛々している自分に気付いて、額に手を乗せて溜め息を吐《つ》いた。

「何で私は苛《いら》ついてるのよ……」

これも全部、レーネのせいだ。私が苛つく原因の大半はレーネが関わっていると言っても過言ではない。あのお人好しはすぐに厄介事に首を突っ込む習性があるからだ。

それなら放っておけば良いのに、そんなレーネを心配してしまう自分がいる。もう何度も止《や》めようと思っても、結局レーネが気になって仕方なくなってしまう。

「……この腐れ縁も、ここまで来ちゃったか」

不満はあるけれど、それでもこの関係を切れていない時点で私の負けは決まっている。

彼女との関係が全く嫌だと思わないから。

レーネが側《そば》にいてくれれば余計なことを考えないで済むから。不満や鬱屈は消えた訳ではないけれど、レーネといる日々は悩んでいる暇なんてない程に忙しかったから。

だから、巫子になりたいというレーネの夢を間近で見てみたいと思うようになった。

同時に、レーネですら私の退屈を満たしてくれないなら私自身が巫子になってこの都市の頂点に立つしかないという思いもあった。

実際、どちらに転んでも私は良かった。そう思いながら過ごしている間に、レーネ以外の人との繋《つな》がりも得た。

少しずつ自分が丸くなっていくのを実感する日々は悪くなかった。

もしかしたら、という期待が胸に生まれていく。それを確かめるためには生半可な自分でいることは許せなかった。

だからレーネの夢の障害として立ちはだかろうとした。

もしも、レーネが私を打ち破れないならそれでも良し。

そしてレーネが自分を打ち破れるような時が来たら、この鬱屈した思いが消せる何かが見つかるかもしれないと。

「……気持ちよく負けたな」

本当に心残りがないぐらい綺麗《きれい》に負けてしまった。

鱗《うろこ》にあんな使い方があるとは思わなかった。あそこまで熱心に鱗の使い方に向き合ったのはレーネぐらいだろう。

折れず、曲がらず、自分を信じて突き抜けたレーネを見た時、私は心が震えていた。

それはまるで、真っ暗闇の中で夜空に浮かぶ星を見つけたかのような高揚感に近い。

そして、その高揚感を抱えたままレーネと対峙《たいじ》した。

目の前にすると光はもっと強くなって、眩《まばゆ》い程の輝きさえ纏《まと》っていたように思えた。

そんな光り輝く彼女が真《ま》っ直《す》ぐ私を見つめて、私を追い抜こうとする姿に満足さえ覚えてしまった。

私の願いは果たされたのだ。

勿論《もちろん》、手を抜いた訳ではない。全力だったからこそ、得られた諦めがある。

所詮、世界を退屈に感じていたのは私自身の視野が狭かったからなのだろう。

私は自分に与えられたものに胡座《あぐら》を掻《か》いていただけの、どこにも進めない子供だった。

「……折角見直してやったというのに、なんでまたあんな表情をしていたんだか」

だから、どうしてもレーネの表情が気になってしまう。

けれど直接会いに行くのはなんだか癪《しゃく》だ。でも、このままだと苛々が止まらない。

結局、思考がそのまま何周もしていると部屋の扉をノックする音が聞こえてきた。

「……誰？」

この部屋に訪ねてくるのは、レーネに用事がある人ぐらいだった。

そのレーネがいないのに人が訪ねてくるなんてあり得ない。一体誰だろうか？

「セスカ、いるのね。良かったわ。開けて貰《もら》っても良いかしら？」

ドアの向こうで私の名を呼んだのは、聞き覚えのある声だった。その声の人物を意外に思いながらもベッドから起き上がってドアを開いた。

「珍しいわね、私を訪ねてくるなんて。――ジョゼット」

そこにいたのはジョゼットだ。目立つ赤髪を揺らしながら部屋の中に入って来た彼女は、戦う時は外している眼鏡越しに部屋の中を見渡してから私に視線を向けた。

「元気そうね」

「普通だけど。何の用？　知っての通り、レーネはここにいないけど」

「いないのは知ってるわよ。私が用事があって訪ねたのは貴方《あなた》よ、セスカ。ちょっと付き合って貰えるかしら」

「……改めて、何の用？」

面倒臭い、と言う気持ちも隠さないまま、私はジョゼットに突き放すように告げる。

するとジョゼットが呆《あき》れたように溜め息を吐いて私を睨《にら》み付《つ》けた。

「本当にレーネがいないと貴方って冷たいわよね。他人に興味がないというか……」

「人のことを言えるの？」

私がそう言うと、ジョゼットは黙ってしまった。

ジョゼットだって親しい間柄の友人がいるように見えない。誰からも距離を取っていて、黙々と鍛練していたイメージしかない。

指摘するとバツの悪そうな表情になるのは、本人だって自覚している証拠だろう。

「……そうね。それでも貴方には話しておくべきだと思ったことがあるの。レーネの親友である貴方にはね」

「……どういうこと？」

「ここでする話じゃないから、良ければ私の家に来てくれないかしら？」

ジョゼットを睨むけれど、宣言通りここで話すつもりはないのか、私を見つめて黙ったままだ。

「……何の話か知らないけれど、それなら付き合うわ」

「ありがとう。それなら行きましょう」

私の返答を聞いたジョゼットは背を向けて歩き出す。その背中を追うように私も部屋を後にするのだった。

＊　＊　＊

ジョゼットの実家であるファルナ家は初代巫子の血筋を受け継ぐ名家だ。だからなのか彼女の家である屋敷《やしき》は聖域の中に存在している。

「お帰りなさいませ、お嬢様」

ジョゼットは使用人に挨拶をされながら中へと入る。遠目には見たことはあるけれど、やはり立派な屋敷だと思う。中に入れば尚更《なおさら》、その思いは強くなる。

「お茶の用意を、部屋まで持って来て頂戴」

「畏《かしこ》まりました」

「セスカ、行きましょう。こっちよ」

ジョゼットの後ろを付いて歩きながら、私は彼女の部屋まで案内される。

その部屋は彼女らしい落ち着いた内装だった。気品を感じられるものが揃《そろ》っているけれど派手ではなく、必要なものだけが厳選されているようにも見える。

「好きに座って頂戴」

「……話って何？」

「せっかちね。まずは席に着いてお茶を待ったら？」

私はジョゼットを見つめてみるけれど、彼女も視線を返すだけで何も言わない。諦めるように私は席に座る。すると、ジョゼットも対面の椅子に腰を下ろす。

お茶が来るまで、私は無言を貫いていた。ジョゼットも何も言わずにいたので時間だけが過ぎていく。やがてノックの音が聞こえて、メイドが中に入ってくる。

「お茶を失礼致します」

「ありがとう。下がっていいわよ」

メイドが見事な一礼をしてから静かに去っていく。それを横目で見送っているとジョゼットが溜《た》め息を吐いた。

「……本当、レーネが側にいない貴方って別人みたいよね」

「別人？　私が？」

「誰とも話そうともしないし、誰にも興味がない。ただ退屈そうで、何事も冷めた目付きで周囲を見ている。その例外はレーネだけ」

「……何？　説教でもしたいの？」

「そういうつもりじゃないわ。……貴方のその態度は嫌いだけどね」

「悪いけれど、別に好かれたいとも思ってないわ」

「そういうところよ。だからこそ、尚更認められない。……でも、私は貴方に負けたわ」

お茶で喉を潤してからジョゼットは呟《つぶや》くように言った。疲れたように息を吐いて、額に手を当てながらジョゼットは言葉を続ける。

「実力で負けるのなら仕方ない。貴方は気に食わない人だけど、それでも貴方に負けるのなら仕方ないと思ってたわ。貴方は本物の天才だった。……だから、貴方がレーネに負けた時、正直に言えば信じられなかった。貴方が勝つと疑ってなかったし、勝つなら貴方であって欲しかったから」

「レーネは私よりも気に入らないってこと？」

「そうじゃないわよ。……私はレーネが嫌いなんじゃなくて、苦手なのよ」

「それは知ってる」

お節介焼きであるレーネは問題があれば悉《ことごと》く首を突っ込むから、規律にうるさくて真面目なジョゼットとはしょっちゅう衝突していた。

最初に揉《も》めたのは巫子《みこ》の候補生として聖域に入ってすぐだ。

昔のジョゼットは今よりも余裕がなくて、目につくものに噛《か》みつかずにはいられないような少女だった。

当然、そんな状態であれば揉め事は起きてしまう。そして揉め事が起きたと聞けば飛んで行くレーネ。何も起きない訳がない。

だけど、それはジョゼットが気に入らないと思っているからじゃない。ましてや悪意がある訳でもない。だからこそジョゼットがレーネを苦手としているのは納得だ。

「泣き虫の癖に他人にお節介を焼こうとするし、辛辣に当たってもめげない。嫌いではないのよ。ただ、目に入れるのが辛《つら》い程に眩《まぶ》しかっただけ。だから……私はあの子にだけは巫子になって欲しくなかったのよ。あの子が巫子になれば不幸になるから」

「……それってどういうこと？」

ふと、ぽつりと呟いたジョゼットの言葉を聞いた私は眉を寄せてジョゼットを見据えてしまう。

巫子になるとレーネが不幸になる？　一体、どうしてそんな話になるのか。

「……これから話すことが貴方を呼び出した本題よ、セスカ」

ジョゼットは居住まいを正して私を真っ直ぐに見つめた。その雰囲気に私も自然と姿勢を正してしまう。それだけジョゼットの真剣さを感じ取ってしまったから。

「私たち、開祖が守護竜の巫子だったファルナ家はある悲願を目指していたの。そのためには我が家から巫子を出さなければならなかった」

「家の誇りとか、そういう話？」

「そんな小さな話じゃないわよ。ファルナ家は、竜都の政《まつりごと》を支配しているエルガーデン家が秘匿している真実を知っている。その秘密が関わってくるの」

「……都長たちが秘匿している真実」

「……これを貴方に教えて良いのか、正直に言ってわからない。知るべきではないと思っている私もいるし、でも知らないときっと後悔させることになるとも思っている。だから、貴方が選ぶべきだと思ったのよ。セスカ」

「……そこまで念押しされなきゃいけない内容なの？」

「聞くつもりがないなら私は言わないわ。貴方が覚悟を決められないなら聞くべきではないと思うから」

私は真剣な表情で見つめてくるジョゼットを見返す。暫《しばら》く彼女の顔を見つめた後、私は自分を落ち着かせるように息を吐《つ》いた。

「……何で私が知るべきだと思うの？　その理由は？　その真実はレーネにとって不都合なものなの？」

「私はレーネを詳しく知っているとは言えないわ。貴方より付き合いも短いし、あの子の人生に口を出すような仲でもない。でも、私はあの子が向き合わなければならないものを知ってしまってる。それは……レーネにとって、とても残酷なことだと思う」

「……ジョゼットは私に何をして欲しいの？」

「ただ知って欲しい。全てを知った後で貴方が私を殺そうとしても受け止める覚悟はある。勿論、死ぬつもりはないから全力で抵抗させて貰うけれど」

「そこまでの内容なのね？」

「ええ、それは間違いなく」

互いの間に沈黙が広がる。私は目を閉じて、ゆっくりと息を整える。

どれだけそうしていたのかわからない。短かったのか、長かったのか私にはわからない。

それだけ集中していたし、心を定めるのに必要だった。

「聞かせなさい、ジョゼット。貴方がそこまで覚悟を求めた理由を私は知りたい」

私の返答を受けて、ジョゼットも静かに頷《うなず》く。そして、息を整えてから口を開いた。

「かつて巫子であった者の血を受け継ぐファルナ家、そして都市の政を担《にな》っているエルガーデン家が隠している真実。それは――」

ゆっくりと、確かに伝わるようにジョゼットが言葉を紡《つむ》いだ。

〝その内容〟を聞いた私は――まず理解を拒んだ。思考が止まって、考えを纏《まと》めることすら出来なかった。

けれど、一度認識してしまった以上、ジョゼットが語った内容は私の中に染《し》みこむようにして理解をしてしまう。

一度そうなってしまえば、もう止められなかった。私は勢い好く席を立ち上がり、椅子を倒しながらジョゼットへと距離を詰めた。

そのまま彼女の襟首を摑《つか》み、持ち上げるようにして無理矢理に立たせる。

「……なによ、それ。どういうことよ。ふざけないで！　貴方《あなた》たちは、そんなことを都市の皆に隠していたというの⁉　一体、いつから⁉」

「……巫子が、今の選定方法で選ばれるようになってからよ。つまりファルナ家を興した開祖が、エルガーデン家との政争によって巫子の座を降ろされてから……」

「何百年前の話よ！　何百年も、私たちに隠し通してきたの⁉」

「……そうよ」

「もう一度、はっきり言いなさい。嘘《うそ》じゃないのね……？」

襟首を摑む手に更に力を込めながら、私は問いかける。

ジョゼットは一度目を伏せた後、ゆっくりと口を開いた。

「――守護竜ルドベキア様は……既に亡《な》くなられているわ」

……もう一度、はっきりと告げられた事実に力が抜けてしまった。

解放されたジョゼットは軽く咳《せ》き込んで、私から一歩距離を取る。

「……守護竜様がもう死んでるって、どういうことよ。だったら巫子って何？」

「かつて巫子とは守護竜様の力を授かり、誰よりも側《そば》で共に寄りそうことを許された守護竜様の代理人だったわ。でも守護竜様も寿命に逆らうことが出来なかった。そして当時、政を司《つかさど》っていた者たちの間で意見は割れてしまった」

「……意見が割れた、ね。どんな風に割れたのよ？」

「真実を公表して皆で新天地を探すために力を注ぐか、或《ある》いは守護竜様の死後、その亡骸《なきがら》を利用して守護竜様が残してくれたこの地を維持し続けるかよ。ファルナ家の開祖になった巫子は新天地を目指すことを主張し、エルガーデン家は守護竜様の亡骸を利用して竜都を維持することを主張したの」

「巫子の意見は通らなかったの？」

「そうよ。いえ、正確には騙《だま》されたの。守護竜様の巫子は、当時は一人しかいなかった。守護竜様が直々に巫子を選び、巫子に力を注ぐことで力を得ていたの。だから今の巫子候補のような存在はいなかった。新天地を目指すにしても、巫子が一人では心許《こころもと》ないと訴えられたの」

ジョゼットは苦しげにそう言ってから、強く手を握り込む。

「そして、巫子に次ぐ存在である候補生を守護竜様の亡骸を利用して作られた聖域で暮らさせることで、力の受け皿として育てる仕組みが決められた」

「どう騙されたって言うのよ？」

「当時の巫子も年齢が年齢でね、寄る年波には勝てなかった。エルガーデン家は自ら育てた巫子候補を跡継ぎとして認めさせた後、まだ新天地に向かうのは早いと主張して候補生の育成に力を注いだわ。そして、その巫子候補たちを抱え込んだのよ。自分たちの意見に同調するようにね。引退した巫子が気付いた時、既に発言権は失われていた。政の方針はエルガーデン家が掌握して、ひたすら巫子の育成という題目で守護竜様の亡骸を消費して現状維持を続けているわ。それは、今も変わらず受け継がれている……」

そこまで聞いて、私は身体《からだ》から力が抜けてしまいそうだった。

この都は守護竜様に守られているから出て行かなくて良い。そうすれば幸せに生きていけるのだと教えられて育ってきた。

そうしなければならないと、そうすることがこの都市で生きていくのに当然のことだと思っていた。

でも、そんな決まりは絶対ではなかった。都市を守っていた筈《はず》の守護竜様は既に死んでいて、ただこの都市を維持するためにその亡骸が消費され続けている。

「そんなことが許されていいと思ってるの……？」

「わかってるでしょう、セスカ」

「何がよ！」

「今の生活を手放せる人ばかりじゃないのよ」

ジョゼットに突きつけられた事実に、私は咄嗟《とっさ》に言葉を失ってしまった。

この竜都で暮らしていれば当然の思いだろう。誰が好き好んで安定した生活を手放したいと思うのか。そんなの私が痛い程にわかっている。

「だから私は、ファルナ家は巫子の座に返り咲きたかったの。巫子として新天地を目指そうと主張しなければエルガーデン家の独占は止められない。勿論《もちろん》、無理矢理にでも巫子の座を奪うことも考えたこともあったわ。でも、それでは結局、この都市の中で争いが起きてしまう」

「……内戦」

「そうよ。ただでさえ失われ続けている資源を更に浪費してしまうし、人の間には禍根が残ってしまうわ。そうなったら新天地を目指すどころじゃなくなる、この都市は滅びてしまうわ。だから、この事実を公表するには確固たる権力が必要だった……」

「でも失敗してるじゃないのよ。それで肝心の力が先に尽きたらどうするのよ？」

「……その時は自分の力が足りなかったと思って滅びを受け入れるしかないかしらね」

「ふざけないで！」

「全部真面目に言ってるのよ」

ジョゼットは自嘲を含んだような笑みを浮かべて言った。

そこで彼女を敗北させたのは自分だということを思い出して唇を噛《か》んでしまう。

「……貴方が勝ったら、私たちの悲願に同意してくれるかもしれないと思ってたわ。貴方はこの都市の在り方を受け入れているようには見えなかったから。それでも貴方に負けたくなかったのは、ただの意地よ」

「ジョゼット……」

「でも、その貴方も負けてしまった。よりにもよって巫子《みこ》に夢を抱いているレーネが次の巫子になってしまった。あの子がどれだけショックを受けるのか、私には想像出来ないわ。今頃、あの子も真実を知ってるんじゃないかしら」

レーネがこの真実を知ってしまったらどうなるのか？　そんなの傷つかない訳がない。

あの子はずっと夢を追いかけて来たのに。その夢の真実がこんな話だなんて、そんなの受け入れられる筈がない。

「今更、こんな話を聞かされて！　どうして、もっと早く言ってくれなかったのよ⁉」

問いかけながらも、ジョゼットが言えなかった理由なんて、私だってわかっている。内戦は絶対に避けなければならない。私にだって納得出来る理由だ。だから、この事実を話すことが出来なかったのも理解出来る。

それでも心が追い付いてこない。ジョゼットが何も伝えてくれなかったからこうなったんじゃないかって、知っていれば意地でもレーネを勝たせなかったって考えてしまう。

「私の責任よ。私が弱かったから、貴方たちにも責任を負わせてしまった」

「……狡《ずる》いわよ、ジョゼット」

そこまで言われたら、もう何も言えなくなる。ここでジョゼットを責めたところで何も得るものなんてない。

今更聞かされたってどうすれば良いのか。巫子はレーネに決まってしまっている。あの子がこの真実を知ったらどうなるのか想像してみる。

きっと、もの凄《すご》く傷ついて、それでも夢を捨てきれずに巫子になることを受け入れるだろう。泣きたい気持ちにすら蓋をして、誰かの夢を裏切らないために。

「……ジョゼット、もうずっと昔に守護竜様は亡くなられているのね？」

「ええ」

「じゃあ、守護竜様が残してくれたっていう力はあとどれだけ残ってるの？」

「わからないわ。……でも」

「でも？」

「……父が、私の世代が最後の機会になるかもしれないと言っていたわ」

ジョゼットが告げた言葉に私は目を固く閉ざしてしまう。

それはつまり、何も変わろうとしないまま、いつか終わるとわかっている安寧を続けてきたってことだ。

そして、レーネがこの楽園の最後の守り手になるかもしれない。都市の延命が無理になって、その責任は誰が背負うと言うの？

「……セスカ。貴方、どこに行くつもりなの？　まさか……」

部屋を出ようとした私の背中にジョゼットが声をかけてくる。その声がかすかに震えていることに気付いたけれど、彼女を気にしている余裕はもうなかった。

「――エルガーデン家に行く。レーネのところに行かなきゃ」

レーネが一体、どんな思いで夢を追いかけていたと思っているのか。

それを一番側で見守ってきたのは私だ。だから手に取るようにわかる。

これからレーネが何を思い、何を決意してしまうのか。

自分よりも誰かが大切で、その誰かが幸せでいてくれるなら自分のことなんて二の次にしてしまう。

そんな彼女にこんな残酷な真実を突きつけるのはあんまりじゃないか。

「——レーネを人柱にするために、私はレーネを応援してた訳じゃない……！」

レーネが自分自身を大切に出来ないなら、誰かがあの子自身の代わりに大事にしてあげないと。

だから、あの子の側に行かないといけないんだ。

後ろからジョゼットの私を呼ぶ声が聞こえる。

私はジョゼットの声すら置き去りにする勢いで駆け出す。

外に飛び出すと空模様は曇天で、今にも雨が降り出しそうだった。

第五章　すれ違って、離れていって

巫子は守護竜様の代理人、守護竜様の役目を代わりに果たす者だ。竜の泉に浸りながら力を組み上げて、その力を都市へと注いでいく。

作物が実るように、この都市を脅《おびや》かすものが近づかないように。大地に活力を、都市の周囲に結界を。その感覚は私に外の世界を知覚させる。

竜の視点で世界を見れば理解出来る。この都市が楽園と呼ばれるその理由を。

「守護竜様の力でも、楽園を維持出来るのはこの都市が精一杯なんだ……」

それ以上、範囲を広げてしまえば効率が悪くなってしまう。だから都市を維持し続けるために範囲は限定された。

守護竜様の力が及ばぬ世界、その先に広がっているのは――乾いた荒野。

緑の実りもなく、土と石が剝《む》き出《だ》しになっている。

生命の気配も薄く、不毛としか言えない世界。

この都市を楽園と呼び、外に出ないようにするのは正解だと思ってしまう程だ。

守護竜様の庇護《ひご》下にある土地を離れて新天地を求めることなんて出来るのか？
外の世界の有様《ありさま》を見てしまえば、そんな風に考えてしまう人は多いだろう。
だから楽園を維持することを当時の人たちは選んだ。
「……だって、それで皆が幸せになるんだから。単純な話だ」
巫子一人の犠牲で、都市の皆が幸せになる。そうしてこの都市は続いてきた。
なら、それで良《い》いんだ。私もその役割を果たせば良い。
それが巫子になった者の宿命だと言うなら、受け入れる覚悟は出来たから。

──たとえ、それが終わりの見えている泡沫《うたかた》の夢なのだとしても。

(守護竜様の亡骸《なきがら》に残っている力は、底が見え始めてる)
人に比べれば巨大な力も、土地に与え続けていればその消費は大きい。
そして死に絶えた存在の力は、決して増えることがない。このまま残った力を少しずつ
磨《す》り減《へ》らしていくしかない。終わりは確実に近づいている。
「……でも、私なら」
皮肉にも、私が一番得意としているのは、自分の身にオーラを纏《まと》う鱗《うろこ》の型だ。

鱗の型を応用すれば漏れ出るように流れ落ちる力を押し留《とど》めることが出来る。

流れる川を無理矢理に堰《せ》き止《と》めようとするような無謀な行為だけれど、やらないよりはずっとマシだ。

後は土地に回す力の配分も気をつければ、もっと力を長持ちさせることが出来るかもしれない。そうすれば、いつか来る終わりを先延ばしに出来るかもしれない。

(……垂れ流しで十年、私が死ぬ気で制御して三十年かな。でも、それだけの時間を残せたとして何が出来るんだろう)

竜都ルドベキアは幸福の地だった。

その幸福に浸っていた人たちに、もうすぐこの地の恵みは尽きるかもしれないと伝えて何が出来るのか。

きっと何も出来ない。どうして良いのかもわからないだろう。

外の世界は枯れ果てていて、別天地を探すなんて選択肢も選べそうにない。

かといって、このまま巫子を続けているのでは終わりを待つだけだ。

それなら、あと私に出来ることは……──。

「……レーネちゃん」

ふと、ルルナが私をジッと見つめているのに気付いた。

「……ルルナ、どうしたの？」

ルルナにそう声をかけると、彼女は何か言いたげに唇を動かしている。

ようやく何か言葉になろうとしたところで、それよりも先に大きな声が響いた。

「た、大変です！」

慌てた様子で中へと入ってきたのは一人の兵士だった。

彼は息を荒くしたまま、ルルナへと告げる。

「現在、こちらに無理矢理押し入ろうとする者が現れまして応戦中です！」

「え？　一体、どこの誰？　まさかファルナ家の人たち？」

「い、いえ……それが一人でして……」

「一人？　……まさか」

「もしかして、セスカ？」

ルルナが目を見開きながら問いかけると、兵士は大きく頷《うなず》いた。

「セスカちゃんがどうして……？　いえ、今はそれより相手がセスカならウチの兵士では相手にならないわ」

「は、はい。それで……都長が巫子様に襲撃者の対処をお願いしたいと……」

「セスカちゃんを、レーネちゃんが取り押さえろって？」

ルルナが確認するように兵士に問いかけると、兵士は怖々といった様子で頷いた。

苦虫を噛《か》み潰したような表情を浮かべていたルルナだけれど、すぐに首を横に振ってから入り口に向かおうとする。

「レーネちゃんの手を煩わせる必要はない、私が出るよ」

「その必要はないよ、ルルナ」

出口に向かおうとしたルルナに呼びかけるように私はそう言った。

ルルナは振り返るけれど、今まで見たこともないような苦しげな表情を浮かべていた。

「レーネちゃん……相手は、セスカちゃんなんだよ？」

「相手がセスカだからって、私のやるべきことが変わったりする？」

私の問いかけにルルナは答えない。そのまま私は身を浸していた泉から出て、身についた雫《しずく》を弾《はじ》くようにオーラを震わせる。

そのオーラの余波でルルナが身構えた。報告に来ていた兵士も腰を抜かして、呆然《ぼうぜん》と私を見つめている。その姿を横目で見つつ、私は静かに告げた。

「――私に剣を持って来てください」

セスカ、ごめんね。どんな理由があっても、ここに貴方《あなた》を入れる訳にはいかないんだ。

＊　＊　＊

エルガーデン家の屋敷《やしき》の前では、兵士たちが死屍《しし》累々となって倒れている。

その中心に立っているのはセスカだ。

「――だから、レーネを出しなさいって言ってるのよ！」

セスカのこんなに切羽詰まった声を聞いたのは、もしかしたら初めてかもしれない。

油断なく槍《やり》を構えていて、その表情は見たことがない程に憤怒《ふんぬ》に歪《ゆが》んでいる。

距離を取ってセスカを観察していた都長が目を細めながら呟《つぶや》いた。

「なんという気迫だ。もしも選定の時にあれ程の気概を見せていれば勝者は変わっていたかもしれないな……」

「どっちが勝っても、おかしくなかったですよ。セスカは本当に凄《すご》い子ですから。それでも巫子《みこ》になったのは私です」

都長の隣に並ぶように立ってから言うと、都長が私へと視線を向けた。

そして私の姿を確認すると、にんまりと笑みを浮かべた。

「それは頼もしい。それでは、君の務めを果たしてくれたまえ。巫子レーネ」

都長に言われて、私は道中で受け取っていた双剣の柄《つか》に触れながら頷く。

兵士が私の気配に気付いたのか、視線を向けてくる。そうすれば自然とセスカも私が現れたことに気付いた。

「……レーネ？」

怒りが揺らいで、逆に戸惑うような目でセスカは私を見た。

今の私はどんな風に映っているのだろうか。ふと、そんなことを考えてしまった。

「セスカ、これ以上は止《や》めて」

「貴方が出てくれれば話は済むのよ。レーネ、帰るわよ」

「……帰る？」

「巫子なんてふざけたものにレーネがなる必要なんてない」

その言葉に私は思わず溜《た》め息《いき》を吐《つ》きそうになってしまった。

もし、あの真実をセスカも知ってしまったなら。誰に聞いたかわからないけれど、それなら彼女が怒り狂っても仕方ない。

「……誰に聞いたの？」

「誰でも良いでしょ！　いいから帰るわよ！」

「そういう訳にはいかないな、セスカ嬢」

私の後ろからセスカに語りかける都長。都長に対してセスカは射貫《いぬ》かんばかりの視線を向けて、再び怒りを露《あら》わにする。

「君の行いは都市への反逆とも受け取ることが出来る。バカな行いは止めたまえ、君のような優秀な子がこのようなことで失われるなどあってはならないことだ」

「よくも言えたわね。貴方たちは全部知ってて、この茶番を続けてるのでしょう？」

「はて、茶番とは一体？」

「貴方たちが隠している巫子と守護竜様の真実よ。そして、エルガーデン家がこの数百年の間、何をしてきたのかも！」

「セスカ嬢に伝えたのはジョゼット嬢かな？　やれやれ……そろそろファルナ家も自らの考えに固執するのは止めて頂きたいものなのだがね。そうして幼く若い才能の持ち主を使い潰すなどと、一体何を考えているのやら」

「貴方がそれを言うの……？」

セスカの纏うオーラが禍々《まがまが》しさを増していく。それでも都長の笑みは崩れない。

このまま都長に喋《しゃべ》らせても話が拗《こじ》れるだけだ。そう思い、私は都長よりも一歩前に出てセスカと向き合う。

「……セスカ」

「レーネも全部知ったんでしょ？　エルガーデン家が何をしてきたのか、この都市がどうやって維持されているのかも、全部」

「……知らない方が良かったのにね」

「ええ、心の底からそう思うわ」

反吐《へど》が出る、と言わんばかりにセスカは吐き捨てた。

そう言ってから私へと近づこうとするセスカ、そんな彼女に制止の言葉を投げかける。

「帰るのは貴方の方だよ、セスカ」

「……レーネ？」

「帰って、セスカ。……私は、残るよ。巫子の務めを果たすから」

セスカの目を真っ直《ま》ぐ《す》見て、私は静かに告げた。

セスカが私の言葉に息を呑《の》んで、首を左右に振った。

それから堪えるように目を閉じて、ゆっくりと息を吐き出す。

「自分が何を言っているのか、これからどうなるのか……わかってて言ってるの？」

「うん」

「ただ利用されるだけなのよ？　レーネが叶《かな》えたかった夢なんて、全部嘘《うそ》だった」

「うん」

「それでも、こんな都市を守ろうって言うの⁉　貴方を裏切ったも同然なのよ⁉」

「それでも、守るよ。確かに、私が叶えたかった夢も、理想も何一つなかった」

激昂《げきこう》するセスカに対して、私が淡々と言葉を返している。

まるでいつもと逆だ。いつもだったら私が怒って、セスカが淡々としていたのに。

だからこそ、変わってしまうのだと自覚した。

もう、かつての私たちには戻れない。その事実を嫌でも認識してしまう。

「私が望んだものは何もなかったけれど、それでも変わらず明日が来るって信じてる人たちがいる。私が巫子になることを心から喜んでくれた、何も知らない人たちが。だから私は巫子にならなきゃいけない。そうであることを望んで、選ばれたんだから」

「それは貴方が望んだ巫子じゃないでしょう！　都市の人たちのために？　そんなの聞こえを良くしているだけの嘘じゃない！　何も知らせないまま、誰かを犠牲にして成り立たせてるだけよ！　私は貴方をそんなものにするために応援していた訳じゃない！」

セスカが憤《いきどお》りを込めて叫んでいる。

セスカに訴えられる言葉一つ一つが心に強く響いていく。

私だって同じ気持ちだと、そう言えたらどれだけ楽だっただろう。

「貴方が巫子を引き継いでも、それは一時のことでしかない！　永遠じゃないのよ！」

「……それも知っちゃったんだね」

「レーネ、貴方……もしかして……」

「永遠も、誰もがずっと幸福でいられる世界も、どこにもなかったんだね」

「それなら、尚更《なおさら》でしょ！」

「それでも、だからって捨てて良いものでも、諦めていいものでもないんだ」

「寝言を言わないでよ！　そんなの変えなきゃいけない！　この場所が大事だからって、誰かを犠牲にして続けられる在り方なんて間違ってる！」

「皆がセスカみたいに強い人ばかりじゃないんだ」

「だからってレーネみたいに背負える人に全部背負わせるの？　この都市に生きる人たちの全ての命を？　それで良《い》い訳がない！」

「じゃあ、変われない人に変われないなら死ねって言うの？　変われないから助けられなくても仕方ないんだって」

「そうじゃない！　そもそも、こんな大きな責任を一人で背負わせる世界なんて間違ってる！　なら皆もこの真実を知るべきだ！　その上で決めるべきことじゃないの⁉」

「セスカの言う通り、今の都市の在り方は間違ってるのかもしれない。それでも誰か一人が背負うだけで皆が幸せになれるの。なら、その道を選べる人が選んでも良い筈《はず》だ」

「レーネがそう言える子だから、尚更許せないんでしょうが！　それは全部レーネに押し付けてるだけよ！　不都合なことを全部隠して、都合の良いところだけ人を利用して！」

「……そうだとしても、私はこの都市が好きなんだ。この都市が続くことで守られてきた幸福を私の手で壊すことなんて出来ないよ、セスカ」

私は今、笑えているだろうか。辛《つら》くないよ、って言わないと。

そうじゃないと、セスカに心配をかけてしまうから。彼女が諦めてくれるように、大丈夫だと思ってくれるように。

お願いだから退《ひ》いて。諦めて、このまま帰って。私のことは忘れてくれていいから。

「この……レーネの分からず屋！　もう良い、無理矢理にでも連れて帰る……！」

セスカが険しい表情のまま、槍を構えた。

その姿に私は胸が張り裂けそうな痛みに襲われる。

セスカと向き合う時は、どんな時でも楽しかったのに。

それなのに、今は心が乾いてしまっている。

ただ辛くて、悲しくて、苦しいだけだ。

「出来ると思うの？　今の私を連れて帰るなんて」

私は双剣に手をかけて鞘《さや》から抜く。

剣を抜くのと同時に私の身体《からだ》に宿った力を見せ付けるように溢《あふ》れさせた。

オーラを鱗《うろこ》として全身に纏《まと》う。もう息をするように慣れてしまったことだ。

今までと違うのは、オーラの質と量だ。

「レーネ……！」

セスカが冷や汗を浮かべて一歩後退《あとずさ》る。その様を見て、私は寂しく思ってしまった。

誰よりも強いと言われていたセスカですら、まるで子供に見えてしまう。

これが巫子になるということであり、守護竜様の力を宿すということだ。

この力を実感する度に心が擦り切れて、乾いていく。もう、何も感じない。

だから迷うこともないんだ。私は名残を惜しむように目を閉じてから息を吐く。

再び瞳を開いた時、セスカへの思いも何もかもを振り切っていた。

「無駄な足掻《あが》きは止めてよ。都市に真実を公開することも、巫子である私に逆らうことも許されない。このままでいてくれるなら——セスカにも何も変わらない明日が来るから」

「——レーネェッ‼」

怒りを爆発させたようにセスカが吼《ほ》えた。

姿を見失ってしまいそうな程の速度で迫り、そのまま牙を解き放った。

かつての私だったら相殺《そうさい》するか、避《よ》けるかしなくてはならない一撃だ。

その一撃を——私は無造作に腕を振るうだけで掻《か》き消《け》した。

「何……!?」

「……無理だよ」

今、私が身に纏っている鱗はかつての私の鱗を遥《はる》かに凌駕《りょうが》してしまっている。

その硬さも、密度も、セスカの牙を弾《はじ》いてしまう程に強い。

そして、それだけの強度を誇る鱗を身体の補助へと変えてしまえばどうなるのか。

私は地を蹴ってセスカへと迫る。

セスカの反応が間一髪で間に合う速度で迫り、剣と槍《やり》を合わせる。

「ぐっ……!?」

「無理なんだよ」

セスカの槍を一気に押し込むように強引に弾く。

返って来る衝撃で手が少し痺《しび》れそうになってしまう。

セスカは顔を苦悶《くもん》に歪《ゆが》めながら私と距離を取るように後ろへと下がる。

そのまま体勢を整えて、構え直した槍を両手で握り締める。

その目は驚きに彩《いろど》られているものの、まだ闘志は衰えていないように見える。

「セスカ、これが巫子《みこ》になるってことなんだよ」

「それが……守護竜様の力だと言うの？」

「そう。私の鱗は——もう、セスカの牙でも貫けない」

そう言いながら私はゆっくりとセスカに向かって歩く。

私が距離を詰める前にセスカが牙を放つも、軽く素手で弾いて掻き消す。

「無駄かどうかは、やってみないとわからないでしょうが！」

再びセスカが私へと突っ込んでくる。繰り出される鋭い槍の一撃を双剣で迎え撃つ。

決死の勢いでセスカが息も吐かせぬ程に攻め立てる。

私はその動きに全て対応出来てしまった。

互いの全てを出し切った巫子選定での決闘。

あの時以上の気迫を込めて、セスカは槍を振るっている。

もしも、あの時のセスカにこの気迫があったら間違いなく負けていただろうと確信してしまう。

でも、そんなセスカを私はいとも容易《たやす》く弾き飛ばすことが出来る。

セスカと槍を合わせる度に私の中に虚《むな》しい気持ちが降り積もっていくかのようだ。

「無駄なんだって」

「うるさい……！」

私が何度、無駄だと告げてもセスカは諦めそうにない。

その姿に目を奪われてしまい、唇を強く噛み締める。

僅かな隙を食い破ろうとするようにセスカがゼロ距離で牙を解き放った。

「──ほら、無駄でしょ」

「……かすり傷ぐらいにはなってるでしょ」

「……そうだね」

私の腕には、ひっかいたような傷がつけられていた。

その傷口から血が滲《にじ》み出《で》るように流れ落ちていく。

その血を無造作に舐《な》め取る。隙を晒《さら》すような大きな動作を見せても、セスカは私に攻撃してこなかった。

「それで？　このかすり傷程度でどうなるっていうの？」

「……」

「わかってるでしょ、セスカ。何やっても無駄なんだよ」

「黙ってよ‼」

セスカが息を荒らげ、肩を震わせながら叫ぶ。

僅かに俯《うつむ》いたセスカの表情がどうなっているのか、私には見えなかった。

「そんなことを言わせてるのは誰なのよ？　そんなのレーネらしくないのよ！　そんならしくないことをして、本当に貴方《あなた》は満足だって言えるの？」

「……」

「答えなさいよ……答えなさいよ、レーネェッ‼」

セスカが叫びながら私へと向かってくる。まるで嵐のように激しい攻撃だ。

セスカの一撃を弾き返しながら彼女の顔を見た。そこで私は思わず息を呑《の》んでしまう。

あのセスカが、泣いていたから。

「……もう、良いよ」

「答えなさいって言ってるのよ！」

「もう、良いから」

「レーネだってわかってるんでしょう！　その力は永遠じゃない！　レーネが背負ってもただ消費されて終わるだけよ！　どこにも進めないまま、どこにも行けないまま！　守護竜様の力が尊い力だって言うのなら、ただ消費するだけなんて間違ってるでしょ！」

「それを決めるのはセスカじゃない。この都市の意思だ」

「何も知らないまま、何かを選ぼうとしないで！　ただ明日も続いて欲しいと思っているだけの人たちに！　都市の総意を語る資格も権利もないでしょうが！」

「都市の意思を司《つかさど》ってるのがエルガーデン家だよ。皆、それでいいと選んだんだ。そのエルガーデン家が都市を守ろうとしているなら、それが都市の総意だよ」

「そんな屁理屈《へりくつ》が聞きたいんじゃない！　貴方はそれが本当に正しいと思ってるの⁉」

セスカの攻撃は全て弾くことが出来ている。それでも身体も心も痛かった。

守護竜様の力は私の身体を蝕《むしば》み、セスカの言葉は私の心を穿《うが》ち貫く。

思わず奥歯が欠けてしまいそうな程に噛《か》み締《し》めてしまう。

そのままセスカの槍を力強く弾き返して、彼女を睨《にら》む。

「正しいと、思ってるよ」

「こんなものが貴方のなりたかった理想じゃないでしょう！」

「それでも、正しいんだよ」

「こんな目に遭わされても、この都市を守ろうとすることがそんなに正しいの⁉」

「じゃあ、セスカは私にこう言いたいの？　何もかも捨ててしまえって、こんな都市なんてどうでも良いって、何も知らないまま今日も、明日も笑って生きているだけの人たちを、その幸せを私の手で壊せって‼」

今度は私からセスカに迫って攻撃を繰り出す。

セスカが後ろに押されるぐらい、荒々しく双剣を叩《たた》き付《つ》ける。

そのまま押し込むようにして、セスカへと迫る。

「私にそうしろって、そうするべきだって、それが正しいって思えって言えるの？　私にそう思えって！　本気でそう思ってるの⁉　それなら、もう良《い》いんだよ。理想も、夢も、全部、捨てて良い！　だって皆、私が巫子になることを喜んでくれたんだ‼」

セスカの言うように、これはただ私が犠牲になって終わる道なのかもしれない。

それでも私が犠牲になればこの都市は救われるんだ。

いつか終わる夢のような日々でも、その終わりはまだ先にある。

誰も死ぬことはない。失われることなく、この幸せが続いていくんだ。

私の叶《かな》えたかった夢も、理想も、ただ形を変えるだけ。

どんなに真実が残酷でも、望んだ景色が何一つ見えなくても。

私を育ててくれた幸せを残し続けることが出来るなら、もうそれでいいよ。

「皆の幸せを奪ってまで、自由になることなんて望まないよ。誰かに都合の良い生贄《いけにえ》でも良いんだ。だって、その中には、セスカだっているんだよ」

「――――」

「だから何も言わないで、何も暴かないで。真実の公表なんて誰も望まない。知れば争うしかなくなる。そんなものを私は背負えないよ……！」

生きてよ、生きていて欲しいんだよ。

夢も希望もないけれど、幸福と優しさだけは確かな世界に。

変わることも、傷つくことも、何かを背負うこともしなくて良い。

ただ満たされている幸せに浸って、笑っていて欲しい。

たとえ、その世界の中に私がいなくても。

誰かが失われてしまうことを受け止めるよりはずっと良い。

だから、今、私がすべきことははっきりしている。

セスカの槍を弾いて、互いに大きく距離を取った。

槍を支えにして立っているセスカは肩で息をしていて、その手は震えている。

そんな姿を見つめながら、私は静かに告げる。

「セスカ、全力で牙を撃ってきてよ。ここでへし折らなきゃ貴方はわかってくれなそうだから。それでも届かなかったら、もう諦めてよ」

セスカの想いは全て受け止めるから。だから、どうか許して欲しい。

貴方は真実を知って、私を思って駆けつけてくれた。

どうしようもない現実に打ちのめされている私にそれで良いのかと、犠牲になんかならなくていいと言ってくれた。

それだけで、もう十分救われているから。だから、もう良いんだよ。

セスカ、私にとって貴方は最高の親友だ。

この都市で貴方と出会えたから、私はここまで来られたんだ。

その到達点が私たちの望んだものではなかったのだとしても。

今日まで積み重ねてきた時間すらも無意味にしたくはないから。

だから、次の一撃で終わりにしよう。貴方の全力の一撃で。

「──レーネ」

「──セスカ」

向き合う。いつも、そうしていたように。

セスカが槍を引き絞るように構えて。

私が交差させるように双剣を構える。

呼吸の間隔すらも重なる。だから理解出来る。

互いにどれだけ想《おも》い合っているのか。

その想いの全てを、ただ一瞬に込めて。

——光が、弾《はじ》けた。


それはまるで再演のように、セスカの槍《やり》が宙を舞っていた。

槍が地に突き刺さる。セスカは大地に倒れ、四肢を投げ出すように脱力していた。

呼吸が苦しげに繰り返されて、胸が上下している。

そんな彼女に私は剣を突きつけた。

「……私の勝ちだよ、セスカ」

「……レーネ」

「だからもう、諦めて。何も覆《くつがえ》らないし、覆す必要もない。昨日と同じ今日が来て、今日と同じ明日が来る。皆が笑って暮らせて、悲しみも要らない世界がそこにあるから。私がずっと守っていくから」

貴方は、私よりも弱いんだ。だからお願いだよ、セスカ。

「貴方も、世界も、全部守るから——もう邪魔しないで」

セスカは何も言わなかった。私もそれ以上、何も言わなかった。

鞘《さや》に剣を納める。セスカに背を向けて、戻るべき場所へと向かうために歩き出す。

そんな私に笑みを浮かべたまま、都長が近づいて来た。

「お見事でございました、巫子《みこ》レーネ。……それで、よろしいので？」

「何が？」

「セスカ嬢のことです。もしや、このまま放置されるつもりなのかと」

「それが何か問題？」

「彼女は知るべきではないことを知ってしまったので、都市の安寧を守るためには何かしらの処罰を与えるべきかと思いまして」

「罰なんて要らないよ」

「ほう？」

「――もう罰は与えたから」

セスカは誰かに話すようなことはしないだろう。私が与えた罰の意味を一番理解しているのは他ならない彼女だと、そう信じることが出来る。

信じることが出来るからこそ、胸が痛む。それもやがて曖昧になっていく。身体《からだ》の内側から湧いてくる力が、この痛みを忘れさせてくれる。

「セスカ」
ふと、彼女の名を誰にも聞こえぬぐらいの声で呼んでしまった。
それは無意識だった。届かない声で、それでも彼女を呼ばずにはいられなくて。
「セスカ」
私の痛みは、巫子として授かった力に塗り潰されていく。
まるで、その痛みを負う必要はないと言われているみたいだ。
私という存在が巫子として作り替えられている。
それで良いと、そうすると決めたのは私だから。
だから、私は歩みを止めない。
「セスカ」
繰り返し、彼女の名を呼んでしまう。
前には誰もいない。並ぶ者もいない。それなら、良いよね。
視界が潤んで、何も見えなくなっても大丈夫。
そんな中で浮かぶ言葉が一つ。
言え、言ってしまえ、と別の私の声が脳裏で囁《ささや》いているようだ。
言わないとずっとこのままだと、だから口にしてしまえと。

「──さよなら」


貴方《あなた》と歩いた日々を、すぐに思い出すことが出来る。

思い出は閉じた瞼《まぶた》の裏に消えずに残っていて。

その思い出が、私を歩ませてくれる。

私は巫子になるよ。この世界を守る守護竜様の代理人に。

望んだものと違っても、これが私の背負う責任だから。

「ここは千年都市。竜に守られた永久《とわ》の都♪」

声を零《こぼ》すように、私は歌を口ずさむ。

「今日も幸福な一日が始まるよ♪　今日も、明日も、明後日《あさって》も♪」

口ずさむのも慣れてしまった、この歌を。

「さぁ、豊かな日々に笑い、踊って暮らそう♪」

私が抱いていた夢と理想そのものを。

「守護竜様に歌おう♪　感謝の歌を、喜びの歌を♪」

歌う、歌う、歌う。……何のために？

「ここは千年都市、竜の都ルドベキア♪　私たちの楽園さ♪」

――これは、私を弔うための歌だ。

＊＊＊

――歌が、聞こえた気がした。
レーネがいつも口ずさんでいた、誰も彼もが覚える程に歌い慣れた歌。
この都市の在り方を象徴していた、つまらない歌。
――セスカ！
名前を呼ばれた気がした。
見上げた空はどんよりとした雲がかかり、間もなく雨が降り出しそうだった。
「……レーネ」
名前を呼んでも、彼女の姿は見えない。手も届かない。何も、出来ない。
胸が抉《えぐ》られて、熱のような痛みが胸を中心に広がっていく。

まだ雨が降っていないのに、視界が濡《ぬ》れてしまったように曇っていく。

「う、ぁ……」

声が、震える。これは、一体何なのだろう。

「ぁぁぁ、ぁぁあっ……」

聞き覚えはある。これは誰かが泣いている声だ。

苦しくて、悲しくて、思いが爆発しそうになった末に零れ出るものだ。

そんな声を自分が出している。それで漸《ようや》く、泣いているのは自分なのだと自覚した。

「ぁぁあっ、ぅぁぁ、ぁぁあああああああああ——ッ‼」

慟哭《どうこく》する。堪《こら》えきれない思いを天に向けて吼《ほ》えるように。

何も出来なかった。何も残らなかった。何も……守れなかった。

いつから間違った。間違わないためにはどうすれば良かったのか。

どうしていたら——私は、あの子に、あんな顔をさせずに済んだのだろうか。

泣き声は嫌いだ。聞いていると心がざわざわするし、何よりレーネがすぐに首を突っ込んでしまうから。

ずっと呆《あき》れていた。なんでそこまでお人好《ひとよ》しになれるのか。

そんなに優しくて、どんな良《い》いことがあるのか。ただの自己満足なんじゃないのかと、いつもそう思っていた。

どうして、そんな風に思っていたんだろう。今なら、そんな風には思えない。

苦しい時に差し伸べて貰《もら》える手がどれだけ幸せなことなのか。それを理解してしまったから。

でも、飽きられる程に手を差し伸べていたレーネは、私には手を差し伸べない。

もう、彼女の手は一人一人の手を繋《つな》ぐものではなくなってしまった。

もっと大きく、広く、この都市を包み込むようになってしまうのだろう。

レーネが望んだ在り方ではなかった筈《はず》なのに、その道を進ませてしまったのは誰だ？

――他の誰でもないお前だろう、セスカ・コルネット。

声にならない声で叫ぶ。いっそのこと、誰かこの喉を潰す程に責め立てて欲しい。

行かないで、とすら言えなかった私の声なんて、何の価値もない。

肝心な時に何もしてやれない無力な私を、ただ消して欲しかった。

第六章　その行いは誰《た》がために

セスカを打ち破った後、私は守護竜様の亡骸《なきがら》がある泉へと戻っていた。

泉に身を浸して、ただ無心に守護竜様の力を大地に注いでいく。その作業に集中していれば、煩わしい痛みも全部忘れられるような気がした。

「レーネちゃん」

ふと聞こえた声に閉じていた目を開いて振り返る。泉の縁にはルルナが立っていた。

「ルルナ……何か用？」

「私、貴方のお世話係になったから。レーネちゃんが欲しい物や、して欲しいことがあれば叶《かな》えるのがお仕事なの。何かない？」

「別に、何もないけど」

「何でも言ってくれていいよ。遠慮しないでね」

「遠慮も何も、もう欲しいものなんてないから」

思わず棘《とげ》があるような言葉を返してしまうのは、ルルナがエルガーデン家の人だから。

彼等《かれら》が行ってきたことが間違いだとは思わないけれど、だからって素直に仲良くすることは出来ない。

それに、欲しいものなんて言われても困る。一番欲しかったものは永遠に手に入らないことを知ってしまったのだから、何かを求める気にもならない。

そっか、と。呟《つぶや》くように言ってから、泉のすぐ側《そば》にルルナは腰を下ろした。

どれだけお互い無言でいたのか、長く続いた沈黙を破ったのはルルナからだった。

「本当に何か欲しいもの、ないかな？　どんな贅沢《ぜいたく》なものでもいいんだよ。レーネちゃんは巫子なんだから、どんな贅沢をしても良い権利があるんだよ」

「そんなこと言われても、本当に欲しいものなんてないよ」

「──私の命とかでも、良いんだよ」

静かな声で告げられたルルナの言葉に、私は怪訝《けげん》そうな視線を向けてしまった。

「命って、何言ってるの？」

「レーネちゃんが私たちに納得いかなくて、鬱憤を晴らしたいなら滅茶苦茶《めちゃくちゃ》にされても仕方ない。それだけのことをしている自覚はあるから。少なくとも私はレーネちゃんに殺されても文句は言えない。そもそも私が巫子になれるだけ強かったら、レーネちゃんは巫子になる必要なんてなかったんだから」

「それは、そうかもね」

「私は最初から全部知ってたから。ここに何があるのか、巫子《みこ》が何を果たさなきゃいけないのかも全部」

「最初からってことは、施設に入る前からってこと？　それなら、私はルルナから見れば随分とバカに見えたんでしょうね」

巫子の真実を知っていたら、無邪気に憧れて巫子になることを志していた私なんて滑稽でしかなかっただろう。

けれどルルナは首を左右に振った。まるで自嘲しているような、諦めの色がはっきりとわかるような表情を浮かべて、彼女はこう言った。

「レーネちゃんが私が人でなしって思いたいなら、私は人でなしってことでいいよ」

「……何よ、その言い回し。私がそう思ったからそうなるって言いたいの？」

「それが私の役割だから。私には巫子になるか、巫子のためにあらゆる全てを捧《ささ》げるか、それしか選択肢がないんだ。だからレーネちゃんが望むことは出来るだけ叶えるよ」

「……理解出来ない。じゃあ、私が死ねって言ったら死ぬの？」

「巫子であるレーネちゃんが私に死を望むなら」

私がそう問いかけると、ルルナは儚《はかな》く笑った。その笑い方に私は眉を寄せてしまう。

「ルルナは死にたいの？」

「……レーネちゃんには私が生きているように見える？　私はわからない。生きるってどういうことなのかな。心臓が動いて、息をしていれば生きてるってことでいいのかな」

まるではぐらかすように質問で返してくるルルナ。

笑みを浮かべているけれど、その笑みがとても空虚なものに見える。

「生きるってことは、死にたくないってことだと思うけど」

「その定義なら、私は生きてないんだと思うよ」

「どうして？」

「巫子に望まれて死ぬなら、私はそれが私の役割なんだと思って死ねるから」

「……どうして、そんな風に考えるの？」

「私がエルガーデン家の娘だから」

貼り付けたような笑みを浮かべながらルルナは淡々と告げる。

「説明になってないよ……」

「エルガーデン家の子供は巫子の代替わりがないなら次の都長か、その都長を迎える妻としての役割が与えられる。私は巫子の代替わりが近い時期に生まれたから、それが私の役割なの。巫子になるか、巫子のために望まれたことを叶えるか。それが私の全てなの」

「巫子に守って貰える資格がないんだよ」

「ルルナ……貴方《あなた》、それでいいの？」

「それ以外の生き方が許されていいの？　最初から貴方たちを騙《だま》してたのに。……私は、巫子に守って貰える資格がないんだよ」

当たり前のことだと受け止めているようにルルナは言った。

「だから巫子の望んだことを叶えるのが私の役割なの。そうじゃなきゃレーネちゃんも私のことを許せないでしょ？　それだけのことを私たちはしたわ。都市の皆を騙してでも、この都市を存続させようとしている。誰かの幸福のためにと言いながら、その誰かのために不幸になる人を生み出し続けてる」

「ルルナにとって、巫子になることは不幸なことなの？」

私の問いかけにルルナは息を呑《の》み、貼り付けたような笑みを引《ひ》き攣《つ》らせる。

それから少し黙ってから、ゆっくりと口を開いた。

「……先代の巫子様は、その晩年はずっと人形みたいだったの。彼女は眠るように亡《な》くなったわ。最後まで何も言わず、望まず、ただそこにあるだけ。何も望まないまま眠るように亡くなったあの人は生きていたと言えるのか、今でも私にはわからないまま」

自分を抱き締めて、ルルナはそう言う。その身体《からだ》が僅かに震えているのがわかった。

「巫子になることは不幸なのかって？　不幸以外の何だと言うのかしら？」

「たまたま巫子の寿命が近い時に生まれて、誰にも知られてはいけない秘密を抱えて、自分が不幸になるか、誰かを代わりに不幸にさせることしか選べない。幸せなんて私が望んだところで手に入らないの。――だって、私は許されない存在だから」

「ルルナ……」

ルルナは淡く微笑《ほほえ》みながら、そう告げる。

「都市が維持出来ないと皆が不幸になってしまう。だから誰かが不幸を背負わなきゃいけない。でも、そんな不幸を背負わされるなんて理不尽でしょう？　だから少しでも理不尽を軽くさせるために私の命はあるの。……だからね、本当はレーネちゃんにだけは巫子になって欲しくなかったんだよ」

いつの間にか、ルルナの笑みは泣き笑いのような表情になってしまっていた。

「あんなにキラキラした顔で夢に憧れていた貴方に、この都市の現実なんて背負って欲しくなかった。でも、諦めろなんて言えもしなかった。貴方を押しのけて巫子になれる程、私は強くなれなかった。貴方に負けても悔しさなんて湧いて来なくて、ただただ眩《まぶ》しかったの。これから貴方が苦しむことになるとわかってても、貴方が綺麗《きれい》に見えて何も言えなかった。自分が薄情だって突きつけられたわ。だったらせめて、この命をかけてでも貴方の役に立たないと。……そうじゃないと、本当に虚《むな》しいから」

ルルナの告白に、私は何を思えば良いのかわからなかった。

自分の気持ちが不確かなまま、ルルナの告白が続いていく。

「誰よりも巫子になって欲しくないのに、貴方はきっと誰よりも巫子に相応《ふさわ》しかったわ。レーネちゃんは誰よりも綺麗で、眩しかったから。そんな貴方の役に立てるなら、何でも願いを叶えてあげたい。それが私にとって最も有意義な命の使い方。だから──」

「──もう、いいよ」

ルルナの言葉を遮るために出した私の声は、自分で思うよりも穏やかだった。

私は泉から上がってルルナの側《そば》まで行く。座り込む彼女の側に膝をついて、彼女の目を真《ま》っ直《す》ぐ見つめる。

「ルルナ、貴方は勘違いしてるよ。貴方は自分が許されない存在だと思ってるけど、私は貴方のことを許すよ」

「え……？」

ルルナが何を言われたのかわからないと言わんばかりに目を瞬《また》かせた。

その呆気《あっけ》に取られた表情がルルナらしくなくて、でもようやく素のルルナに出会えたような気がして微笑んでしまう。

「確かにエルガーデン家が都市の秘密を隠してたのは、酷《ひど》いことされたなって思う」

「それなら……」

「でも、この都市には必要なことだった。私だって都市の皆がいきなり不幸になったらとても悲しい。それを自分で背負えるなら、じゃあ背負ってみようかなって思えたんだ」

「レーネちゃん……？」

「卑怯《ひきょう》だって言うのは簡単だけど、そうでもしないと今日まで幸せな日々が続かなかったのも事実だ。それは私の理想そのものではないし、認めたくないけれど……誰かの笑顔が今日まで続いた。それは否定しちゃいけない」

「……だから許すって言うの？　私は、レーネちゃんが巫子になるのを止められなかったし、止めるつもりもなかったんだよ……？　全部知ってたのに……」

「でも、私はルルナに憧れられるような綺麗な願いを持てていたんだよね？　それなら仕方ないかな」

「仕方ない……？」

「正直、真実を知った時は絶望するぐらいには辛《つら》かった。それでも、私はまだ背負おうとしている。夢は叶わなかったし、理想は裏切られたけれど。まだ守りたいものが残ってるから。こんな責任を他の誰かに背負わせたいとも思わないしね」

「レーネちゃん……」

「私で良かったと思うんだ。きっと、先に真実を知っていたらここまで強くなることは出来なかった。そしたら別の人が巫子にならなきゃいけなくて、その人がこの都市を守ろうとしてくれる人じゃなかったかもしれない。そっちの方が、私は嫌だな」

もう滅びが避けられないものだとしても、私を育んでくれた幸福は確かにあったから。

それは、どんな絶望を知っても私の中で確かに光を放っている希望だった。

だからこの都市の幸福を、そこに幸せに生きる人たちを守りたい。

「秘密にされていたことは許せないよ。でも、だからといって怒りも憎しみも湧かない。どうしようもないことだって受け止めるしかないから」

ただ虚しくて、切なくて、悲しいだけ。だから仕方ないと言って夢と理想を諦める。

たとえ夢や理想を失っても、それでも残ったものを私は大事に抱えていたいんだ。

だから、外に広がる過酷な世界に皆を放り出すなんて出来ない。

そのために巫子であることが求められるというのなら、その役割を果たしたい。

「その守るべき人の中にルルナだって入ってるんだ」

「私も……？」

「だって貴方は私の夢と理想を綺麗だって言ってくれたから。私が巫子になって不幸になることを嘆いてくれたから」

セスカに言ったら甘ちゃんだって言われそうだけれど、仕方ないよ。優しくされたら、自分も優しさで返したいって思うから。

「だから死んでもいいなんて言わないで、ルルナ」

「……レーネちゃん、でも、私は」

「貴方が全てを知っていたことは、貴方の責任じゃない」

ルルナがエルガーデン家に生まれてしまったから。ただ、それだけだ。

別に望んだから知っていた訳ではない。知らなければならない立場に生まれてしまったから知っていただけだ。

そして真実を伝えられないのも、それが都市の人たちを争わせてしまう可能性があったから。仕方ないことなのだ。

きっと誰かがやらなければならないことだった。それを果たしていたのがエルガーデン家の人たちだったというだけ。

「それにルルナだって頑張ってたじゃない」

「何を……？」

「巫子になろうとしてたんでしょ？」

「……それは」

「私が言うのもなんだけれど、巫子《みこ》の最終選考に残った四人は才能だけで残れた訳ではないと思っているよ。私も、セスカも、ジョゼットも。それならルルナだって頑張ったんだよ。私はそう思う。だってルルナの炎の舞は本当に綺麗だったから。アレを何の努力もなしに身につけた訳じゃないでしょ？」

私の問いかけにルルナは何も言わない。ただ呆《ほう》けたように私を見つめている。

「最初から全部知ってるなら、滑稽に見えた私をバカにすることだって出来たと思うんだ。実際、都長は……ちょっとそういう風に見てると思ってる」

「……否定は、しないけど」

「だからルルナが私のことをバカにしている訳じゃないことだってわかるよ。貴方なりに巫子になることに真剣に向き合ってたんでしょう？　だから私に思うところがある」

ルルナは何も答えなかった。けれど表情を歪《ゆが》ませて、目を涙で滲《にじ》ませていく。それが私にとって答えのようなものだった。

「私は、今でもルルナのことを友達で仲間だと思ってるよ」

「……ぁ」

「私にとってルルナは同じ場所で過ごして、一緒にご飯を食べて、巫子の座をかけて競い合った仲間のままなんだよ」

どんなに蟠《わだかま》りがあっても、それは同じ気持ちであって欲しいと思っている。

私の夢や理想を綺麗だと言ってくれて、それが叶《かな》わないことを知っていて、それを告げることが出来ないことを気に病んでいて、私が死を望むなら死んでいいとまで言える。

ただ義務として言われていたら私だって怒りを抱いていたかもしれない。でも、ルルナはそうではない。それがどんな気持ちかまでは、私にはわからないけれど。

「友達に殺してなんて言われたら凄《すご》く悲しいし、そう思わせてるのが辛いよ。だから私はルルナを許す」

許す、と告げた瞬間、ルルナの瞳に溜《た》まっていた涙が落ちていった。

顔をくしゃくしゃに歪ませて、戸惑うように私に手を伸ばしかけた。行き場を見失ったルルナの手に私は自分の手を重ねる。

ルルナは遂《つい》に涙を決壊させたように零《こぼ》しながら、私の手に縋《すが》るように額を押し付けた。

決して大きな声ではない、掠《かす》れるような泣き声がルルナの口から零れる。

「ごめん……なさい……ごめん……なさい……！」

「謝られても困るんだけどね……まぁ、泣かないでとは言わないから。むしろ泣いてよ。今更謝られても何をどうしていいかわからないけど、泣くのは受け止められるから。だから我慢しないでいいよ」

私がそう告げると、ルルナは私の手に縋りながら子供のように泣きじゃくった。そんなルルナの頭を抱え込むようにもう片方の手で抱き締める。

ルルナの泣き方は不器用で、今までちゃんと泣いたことがなかったかのようだ。

もしかしたら、物心付いた頃からこんな風に泣いたことがないのかもしれない。

彼女が背負っているものは泣いて許されるようなものではないから、そうやって育てられてもおかしくない。それが真実かどうか、私に確かめる術《すべ》はない。

でも、そう思ってしまったなら放っておけなくなってしまった。

「大丈夫だよ、大丈夫」

何が大丈夫なんだろう、と思いながらも私はルルナを抱き寄せて背中を撫《な》でてやる。

ルルナが落ち着くまでそのまま泣かせてあげたい。こんな風に感情を露《あら》わにして泣きじゃくるなんて、もう私には出来なくなってしまっているだろうから。

「ごめんね……！　私、レーネちゃんに何も返せないのに……！」

「……そう思うなら、ルルナが次の都長になって巫子の在り方を変えて欲しいな」

ルルナの背中をあやすように撫でながら、私は彼女の耳元で囁《ささや》くように告げる。

「──早ければ十年、頑張って三十年」

「……え？　レーネちゃん？　それは、どういう……？」

「守護竜様の力は、私がなんとか持たせてみせる。でも、それが限界。でも、それを素直に伝えたところで都長がやり方を変えるとは思えない。だからルルナにも何か手段を考えてもらって……ルルナ？」

ルルナが弾《はじ》かれたように私から身を起こして、信じられないと言ったような表情で私を見つめた。

その反応を見て、もしかしてルルナは守護竜様の力の残量については知らなかったかもしれない可能性に思い当たってしまった。

「レーネちゃん……それ、本当なの……？」

「……私は、ここでこの竜都を守るから。だから、外のことはお願いするね」

それ以上は何も言わせない、と言うように私はルルナの唇に指を当てて微笑《ほほえ》む。

そうだ、私が守るから。

セスカも、ルルナも、ジョゼットも、私の両親も。

私が知る人たちの顔を次々と思い浮かべて、誓いを新たにする。

どうか貴方《あなた》たちのこれからの人生が幸せでありますように。

たとえ、これから先に私がいなくなってしまったのだとしても。

——それだけでも叶うのなら……後はもう、何も望みが叶わなくても良いから。

＊＊＊

私、ルルナ・エルガーデンは物心ついた時から生き方が定められていた。

『ルルナ、お前はこの都市を統《す》べるエルガーデン家の娘に生まれた。お前は生まれながらに特別である。与えられた役割をこなせ、そのためにお前は生きているのだから』

千年の歴史を誇る楽園、竜都ルドベキア。

その竜都を統べる都長を務める家に生まれた私は、この都市が抱える秘密を幼い頃から教えられていた。

都市の要である巫子の代替わりが予期されていた頃に生まれた私は、最初から生き方が定められている。

私に許されていた選択肢は二つ、私が次の巫子になるか、或《ある》いは次の巫子の世話係となり、巫子が不満などを抱いた場合はその受け皿となるか。

巫子になっても自由はなく、巫子になれなくても私の命は巫子のためにある。

そこに疑問を抱くことも許されないし、逆らうことも許されなかった。

『お前は友を持ってはいけない。お前の命はこの都市のためにある。この楽園を維持するためにその命を捧《ささ》げることが、お前の生まれた意味なのだよ』

父はそう語り、母は何も言わずに目を伏せた。家臣たちは私を人として扱わなかった。
私はただの人形だった。巫子という人形になるか、巫子のための人形になるか。たった
それだけの違いしかない。
エルガーデン家が抱えている秘密を悟られるような真似《まね》をしてもいけない。
誰が巫子になっても使命を果たさせるために、どのような人物か見極めなさい。
この命は全て、ただ都市の幸福のために。私はそれしか与えられずに育てられた。
誰にでも愛想《あいそ》良く振る舞って、けれど誰も私の心には踏み入らせない。全てを欺いて、
幸福に浸るフリをする。その幸福が誰かの犠牲の上にあることを理解しながら。
私がそんな自分を受け入れられていたのも、先代の巫子の存在があったからだろう。
先代の巫子は、晩年にはもう人であったかも定《さだ》かじゃない。何も喋《しゃべ》らず、願わず、そこ
にあるだけの器。
その在り方を悲しいものだと思ったのは、随分後になってからだった。
私にとって他の人間なんて皆、同じものでしかなかった。それぞれ判別するために名前
をつけているだけ、ただそれだけの私と同じ人形。
その認識が変わったのは、巫子を育てる聖域に入って自分以外の人間を認識したから。
その一番大きなキッカケになったのは、レーネちゃんだった。

私がレーネちゃんを認識したのは、ジョゼットちゃんと険悪な空気になった時だ。

ジョゼットちゃんは同じ秘密を知る同類であり、家同士が対立していた因縁の相手。

真《ま》っ直《す》ぐで真面目な気性を持つ彼女が私を気に入らなく思うのは当然の流れだった。

『喧嘩《けんか》はだめー！』

私たちの間に入り、私とジョゼットちゃんを仲直りさせようとしたレーネちゃん。

私にとって、彼女は不可解な存在だった。巫子という存在に憧れていて、誰かのために一生懸命で、お人好《ひとよ》しすぎる程に優しい。

なんて利用しやすい人なんだろうと思った。だから他の人なんてどうでもいいって態度を取るセスカちゃんですら放っておかないのだろうとも思った。

レーネちゃんの周りはいつも賑《にぎ》やかだから、つい自然と視線が向いてしまった。

私にも眩《まぶ》しい程の笑顔を向けてくれる彼女に揺らしてはいけない筈《はず》の心が揺れた。

私はレーネちゃんのようにはなれない。なれないからこそ、惹かれてしまう。

レーネちゃんをキッカケにして、他の人もどういう人間なのか見えるようになった。

他人に興味がなく、自分一人で自立しているように見えるセスカちゃん。

私と同じように秘密を知っていて、でも私とはまったく違う形で使命を背負おうとしているジョゼットちゃん。

皆、私にとっては眩しかった。違いに気付くことで、私はどんどん他人に興味を持つようになっていった。

だって、彼女たちが持っているような自分というものを私は持てなかったから。

どこまでも薄っぺらな自分。それを嫌だと思うようなことはなかった。

そもそも自分の在り方に疑問を抱くことなど、私には許されていいものではない。

だから、誰が巫子になってもその結果を受け入れようと思った。

私は巫子のために命を捧げる。それしか私は自分の価値の示し方を知らないから。

心の底から、それが自分が為《な》さなければいけないことだと思っていたのに。

(こんな私を、レーネちゃんは許すと言ってくれた……)

レーネちゃんがこの都市の真実を知ったら、きっと悲しむだろうなと思っていた。

絶望して、殺されてもおかしくないな、とも思っていた。

それなのにレーネちゃんは困ったように微笑んで私を許してくれた。

私の果たそうとしていた役目なんて、果たそうとしなくていいと。生きていていいのだと、友達だと思っていると。

「……そんなのって、ないよ」

今まで蓋をしていた心が暴れ出してしまう。

ファンタジア文庫の最新情報が満載
ファンタジア
FANTASIA
チャンネル
CHANNEL
無双した少年――
次は『神々の戦争』を
蹂躙する。
注目新作
"最強"を騙し従えて、
少女は世界に反旗を翻す――
ブロークン
落陽騎士は偽り姫に凱旋を捧ぐ
著：柳実冬貴　イラスト：岩本ゼロゴ
TVアニメ化決
異世界でチート能力《スキル》を手にした俺は
現実世界をも無双する
～レベルアップは人生を変え
著：美紅　イラスト：桑島
ファンタジア文庫
毎月20日発売!
公式HP https://fantasiabunko.jp/
〒102-8177 東京都千代田区富士見2-13-3

ラゴンマガジン9月号
王道ライトノベル誌
ドラゴンマガジン
9月号
好評発売中!
電子版も配信中!
奇数月30日に最新号を配信
表紙&巻頭特集
「キミと僕の最後の戦場、
あるいは世界が始まる聖戦」
細音啓　作家活動15周年記念大特集!
アニメ続編制作決定した「キミ戦」を中心に、
読み応えたっぷりの記事をお届けします。
加えてTVアニメ化で話題沸騰中の「スパイ教室」
「新米錬金術師の店舗経営」も総力特集でお送りします!
い夏を「キミ戦」と共に
やかに乗り切ろう!
ふろく1
スペシャル
ちわ
ふろく2
ッグポスター
ト／猫鍋蒼
メディアミックス情報
2022年10月よりTVアニメ放送開始!
▸新米錬金術師の店舗経営
2023年TVアニメ放送決定!
▸スパイ教室
切り拓け!キミだけの王道
6回ファンタジア大賞
原稿募集中!
期〉締切8月末日
詳細は公式サイトをチェック!
https://www.fantasiataisho.com
選考委員
細音啓「キミと僕の最後の戦場、あるいは世界が始まる聖戦」
橘公司「デート・ア・ライブ」
羊太郎「ロクでなし魔術講師と禁忌教典《アカシックレコード》」
賞金
大賞 300万円

ファンタ
百合バトルファンタジー!!
理想を追い求め
少女たちは
刃を交わす。
想いの重なる楽園の戦場
そしてふたりは、武器をとっ
著:鴉ぴえろ　イラスト:みきさ
新作!
お節介な努力家・レーネ。その懸命さは周りを惹きつけ、誰もが彼女を
援した。孤高の天才・セスカ。その賢明さは力となり、誰もが勝利を確信
た。共に高め合うルームメイトの二人は今、巫女になるため武器をとる

暗躍開始――。
運営側として
新作
クエスト:プレイヤー
大虐殺してくださ
VRMMOの運営から俺が特別に依頼されたこ
著:百瀬十河　イラスト:
最新技術が惜しみなく注がれたVRMMO:リーエン=オンライン。βテ
トは一切行われず、プレイヤーは成人済み限定。そんなリーエン=オン
インのリリース前に運営から俺に告げられた言葉は予想外のもので一

2022年10月TVアニメ
放送開始！
新米錬金術師の店舗経営
Management of Novice Alchemist Get My Shop!
著者：いつきみずほ　イラスト：ふーみ
キャスト
ラサ・フィード：高尾奏音
レア：木野日菜
イリス・ロッツェ：大西沙織
イト・スターヴェン：諏訪ななか
式サイト https://shinmai-renkin.com
アニメ公式Twitter @shinmai_renkin
つきみずほ・ふーみ／KADOKAWA／「新米錬金術師の店舗経営」製作委員会

スパイ教室
著者：竹町　イラスト：トマリ
TVアニメ
2023年放送決定!!
CAST
リリィ：雨宮 天　グレーテ：伊藤美来　ジビア：東山奈央
モニカ：悠木 碧　ティア：上坂すみれ　サラ：佐倉綾音
アネット：楠木ともり　クラウス：梅原裕一郎
STAFF
監督：川口敬一郎　シリーズ構成：猪爪慎一
キャラクターデザイン：木野下澄江　アニメ制作：feel.
アニメ公式Twitter @spyroom_anime
©竹町・トマリ／KADOKAWA／「スパイ教室」製作委員会

最強の初恋
「デート」コンビが放つ
世界を救う
王様のプロポーズ3
瑠璃の騎士
著:橘公司　イラスト:つなこ

異世界でチート能力《スキル》を手にした俺は
現実世界をも無双する
TVアニメ化決定!
公式サイト https://www.iseleve.com
アニメ公式Twitter @iseleve_anim
©美紅・桑島黎音/KADOKAWA/いせれべ製作委

転生王女と天才令嬢の
魔法革命
2023年TVアニメ化決定
CAST
アニスフィア:千本木彩花
ユフィリア:石見舞菜香
公式サイト https://tenten-kakumei.com
アニメ公式Twitter @tenten_kaku
©2023 鴉ぴえろ・きさらぎゆり/KADOKAWA/転天製作委

アニメ続編制作決定!
世界が始まる聖戦
著:細音啓　イラスト:猫鍋蒼
CAST
小林裕介　雨宮天
石原夏織　白城なお
土岐隼一　花守ゆみり

ジア文庫8月の新刊
好評発売中!!
戦場は広大な砂漠。
埋もれてしまった
愛と真実を、
見つけ出そう。
新作!
Dとプロフェッサー《整備士》の黄昏戦記《ミッションレポート》 I
獏末カナイ　イラスト:風花風花
ある事件をきっかけに日本を離れ、軍へと身を投じた羽野時矢。整備士
してJDと呼ばれる女性型戦闘兵器からの信頼も篤い彼だったが、ある
戦線に巻き込まれ──。目をそらしてきた真実が、姿を現わし始めた。
少女は世界に
〝最強〟を
騙し従えて、
新作!
ブロークン
落陽騎士は偽り姫に凱旋を捧ぐ
著:柳実冬貴　イラスト:岩本ゼロゴ
世界が闇に呑まれて十年。盗人稼業で命を繋ぐ少女・イオリアは、亡国の廃墟で最強騎士団の生き残りと出会う。「よくぞご無事で……姫様!」その言葉から始まった少女の嘘。それはやがて世界の運命をも変えてゆく──。
新婚旅行みたいな
もんなんじゃ?
TVアニメ化決定!
転生王女と天才令嬢の魔法革命 5
〜落第剣士の学院無双〜
著:鴉ぴえろ　イラスト:きさらぎゆり
アニスの魔学に必要不可欠な資源──魔石。未開の地が多い東部に多く眠っているため、ユフィとエアバイクで視察に行くことに──これって、新婚旅行じゃ? 想いを確かめ合った二人の王宮百合ファンタジー、第五弾!
その他今月の新刊ラインナップ
・保健室のオトナな先輩、
俺の前ではすぐデレる 2
著:滝沢慧　イラスト:色谷あすか
※ラインナップは予告なく変更になる場合がございます。
・キミと僕の最後の
あるいは世界が
Secret File3
著:細音啓　イラスト:猫鍋
第3弾
KAD

ずっと知らない振りをしてきたのに、自分には自由なんてないと思っていたのに。

果たさなければならない役割を、他ならぬ巫子《みこ》になったレーネちゃんに否定された。

挙げ句の果てに、まだ仲間だって、友達だと思っていると言われてしまった。

あぁ、そんな残酷な話があって良いんだろうか？

レーネちゃんに許されてしまうなら、だったら私の今までの覚悟は何だったの？


（――やっぱり私は、レーネちゃんにだけは巫子になんてなって欲しくなかった）


わかっていたことじゃないか。レーネちゃんが全ての真実を知ってしまったら、どうしようもない程に傷ついてしまうだろうって。

彼女の明るさも、優しさも、強さも、全部他人の幸福のために捧げられてしまう。あの子が本当に叶えたかった夢を無惨《むざん》に砕いて。

それが私の、私たちエルガーデン家が犯した償いようもない罪だった。

私は罪深い。真実を知りながら、他人を利用するためだけに生きてきた。

都市の未来を人質にして人柱になることを強いていただけの外道だ。

人でなければ、耐えられた。人にされてしまったから、耐えられない。

死ぬ覚悟は出来ていた筈なのに、その死を奪われたら私はどうすれば良い？

生きて欲しいとさえ望まれてしまったら、もう何もわからなくなってしまう。

「もう遅い……」

どんなに後悔しても、罪深いとわかっても、レーネちゃんは巫子になってしまった。

しかも、自分にすらも知らされていなかった事実まで存在していた。

レーネちゃんに教えられた期限。まさか守護竜様の力がそこまで衰えているだなんて。

父は何も言っていなかった。もしかしたら私すらも利用するつもりで真実を伏せていたのかもしれない。

悔しい、憎らしいという感情が私の中で荒れ狂った。でも、今更私が怒りを露わにしたところで何も出来ない。

レーネちゃんはあのセスカちゃんですら勝てなくなってしまった。

もう誰も彼女には逆らえない。レーネちゃんは私たちが、エルガーデン家が望ませたように生きるだろう。

都市のためにこれからの人生全てを捧げて、誰かの幸福のために消費され続ける。

「……あははは。本当に、私ってどうしようもない」

もう手遅れなのに、今更なのに。許される筈もないのに、それでもって思ってしまう。

許されないと思っていた筈の自由が許されてしまったのなら、願いを抱くことが今からでも許されるというのなら。

「エルガーデン家なんて、もっと早く潰れてしまえば良かったんだ」

私たちは罪深い。罪は裁かれなければならない。

誰にも罰を与えられないというのなら、私が罰してやる。

本当に今更だ。今から始めたって、もう遅すぎる。

だからって始めない理由にもならないから。でも、私には力が足りない。

家を潰すだけなら、ただ真実を洗いざらい話すだけで良《い》いだろう。

でも、そうなったら都市の住人たちを争わせるだけ。

「――私が望むのはレーネちゃんが自由になること。彼女を巫子から解放すること」

それなら都市の秘密を打ち明けるだけでは足りない。もしも残酷だと知りながら巫子であることを望まれたら、レーネちゃんはきっと断れないから。

だから巫子という存在そのものを廃さなければならない。でも、ただ廃するだけだったら争いが起こってしまう。

この問題を解決するには、私一人ではどうすることも出来ない。

それなら、他の誰かの力を借りるしかない。

「……大丈夫、今更だとか、そう言われても当然だから受け止められる。どんな罰だって耐えられる。元々、私の命は誰かのために使われるものだから」

全てが終わった後に、この命で償っても構わない。

私は、この都市の在り方を破壊しよう。抱えてきた秘密をぶちまけて、レーネちゃんをこの都市から解放したい。

私にも願いが出来たんだ。

誰かの命を人柱にして生き繋《つな》ぐのではなくて、皆がそれぞれ思うように生きられる人生を送れるように。

私みたいに死ぬために生きて、誰かを傷つけても平然としていられる人間が生まれないように。

「――行こう」

そして、私は初めて自分の意思で一歩を踏み出した。

第七章　牙は未《いま》だ折れず

雨が降っている中を歩いている。

足取りが重いまま進んで行く。どこに向かっているのかわからないまま。

私はレーネに打ち負かされた。言葉は届かず、圧倒的な力の前にねじ伏せられた。雨と共に染《し》みこむ事実が私を打ちのめしていく。

レーネに負けてしまった衝撃で私はどうかしてしまったのかもしれない。

(……こんな風に挫折を味わうなんて初めてだ)

私はやろうと思えばなんでもこなせた。困ったことなんて厄介事に何でも首を突っ込むレーネを諫《いさ》めることぐらいだ。

あとは人間関係の構築だろうか。でも、他人に関わろうとする理由もなかった。

それこそレーネがいれば良かったし、あのお節介焼きが勝手に取り成してくれたことも多い。

(……あぁ、私はレーネに甘えていたんだ)

ふと、その事実に気付いてしまった。気付けば笑いが込み上げてきてしまう。

レーネがいてくれれば私は楽しかった。このつまらないと思っていた世界でもレーネが楽しいことも何もかも見出《みいだ》してくれた。

私一人では何も探せない。どうするのが正しいのかもわからなくなってしまった。

だから、こうして一人で雨の中を彷徨《さまよ》っている。

「セスカ……」

ふと、誰かに呼び止められた。億劫《おっくう》になりながら声の方へと振り返る。

「……ジョゼット」

「……何やってるのよ、貴方《あなた》」

ジョゼットは傘を片手で差しながら私を見つめていた。

その表情が苦虫を噛《か》み潰したようなものに変わり、何故《なぜ》か私の手を摑《つか》む。

「とにかく家に来て、こんなに濡《ぬ》れて……」

「どうでもいい……」

「どうでも良くないでしょ！　いいから来る！」

ジョゼットに無理矢理引《ひ》き摺《ず》られるようにして、私は歩き出す。向かった先はジョゼットの屋敷《やしき》だ。

手を引かれたまま屋敷に入ると、使用人たちが驚いたように私たちを見た。

「貴方たち、すぐに着替えの準備をして。あと何か拭く物を持って来て、本当は湯に浸《つ》からせたいけど……」

「別にいい……」

「……こんな状態だから。準備が出来たら、私の部屋に持って来て頂戴」

屋敷の中に入ってからもジョゼットは私の手を離さない。そのままジョゼットの私室へ連れ込まれ、半ば乱暴に衣服を剝ぎ取られる。

されるがままに服を剝ぎ取られたタイミングでメイドが着替えとタオルを持って来た。

ジョゼットはタオルで私の水分を拭い去って、私に着替えるように言った。

言われるがままに従って、私はメイドが持って来てくれた服に着替える。

「何か温かい物を持って来て」

「畏《かしこ》まりました、お嬢様」

メイドが一礼をして、私の濡れた服やタオルを持って退室していった。

外に目を向ければ、まだ雨が降っている。しとしとと降りしきる雨は長く続きそうだ。

そんなことを思いながら雨の音に耳を澄ませているとジョゼットが声をかけてきた。

「大丈夫？　って聞きたいけれど、大丈夫じゃなさそうね」

「……そうね」

ジョゼットの問いかけに、私は一瞬息を止めてしまった。

「……レーネは？」

何がどうダメだったのか、それをジョゼットは敢《あ》えて聞こうとしなかった。

「……ダメだったの？」

普段は厳しいくせにそんな優しさを見せるなんて、それだけ私が弱っているからだろうか。その自覚があるだけに私は苦笑を浮かべることしか出来なかった。

「私が教えなければ、こんなことにならなかった……？」

「……ジョゼットが教えてくれなくても、きっとどこかで知ることになってたよ」

私にとってレーネが眩《まばゆ》い光である限り、あの子を追い続けてしまう。そしていつか巫子の真実を何かしらのキッカケで知っていたことは疑いようもない。

私たちがぶつかることになったのは必然だ。そして、私はレーネに負けた。

だから、自分を生贄《いけにえ》にしてでも都市を守ろうとするあの子に何もしてやれない。

その事実がひたすら私を打ちのめしていく。もう身体《からだ》に力が入らなくて、息の仕方すら忘れてしまいそうだ。いっそ、そのまま息の根を止めて欲しかった。

あまりにも辛《つら》すぎて、心を苛《さいな》む無力感に笑ってしまいたくなる。

「何が天才で、何でもこなせるよ。本当に果たしたかったことを叶《かな》えられない才能なんてなんの意味もない……」

「セスカ……」

「自惚《うぬぼ》れてたんだよ、私は。ただレーネに甘えてただけだった。あの子が本当に苦しんでいる時に何もしてやれない。本当に無様ね……」

「……それならファルナ家だってずっと無様を晒《さら》してるわ。私たちも何百年も巫子《みこ》の座を取り戻そうとして失敗して、結局誰かが犠牲になることを見続けてきた。その無念は私にも引き継がれてる。だからって貴方の気持ちがわかるなんて言えないけど……」

ジョゼットの言葉にはいつもの迫力がなかった。代わりに私を労《いたわ》ろうとするような優しさを感じてしまう。

なんとか私を慰めようとしているのだろうけれど、普段の彼女と違いすぎるので、なんだかおかしかった。

「セスカ。私たちの代では願いを果たせなかったけれど、貴方さえ良ければ私たちの仲間になってくれないかしら？　今回がダメでも、まだ次があるかもしれないから――」

「――ごめん」

ジョゼットが言葉を続けようとしたけれど、それを遮るように私は口を挟む。

「今は何も考えたくないの。だから……」

言葉がどんどん消え入るように小さくなっていく。

視界の端でジョゼットが私に手を伸ばそうとして、躊躇《ためら》うように止《や》めたのが見えた。

そうしてお互いに何も言えないまま、雨の音だけが部屋の中に響くようになった。

＊　＊　＊

ジョゼットに屋敷へ連れてこられてから、一体どれだけの日が経《た》っただろう。

あれから私は動く気力がなくて、結果的にファルナ家の屋敷でお世話になってしまっている。

起きていてもベッドの上にいるか、窓の側《そば》に座って外を見ることくらいしか出来ない。

ジョゼットが気を利《き》かせて部屋に食事を持って来てくれて、使用人の人たちが着替えまで世話をしてくれているから、辛《かろ》うじて人としての体裁が保てているようなものだ。

（まるで抜け殻ね……）

ただ息をしているだけの抜け殻。そんな様だからジョゼットたちにも心配をかけているとは思うのだけれど、自分の意志ではどうしようもなかった。

「セスカ、調子はどうかしら？」

ジョゼットは空いた時間が出来ると、私のいる部屋へと顔を出してくれていた。

私は何も言う訳でもなく、窓の側に座って外を見つめるだけ。そんな私にジョゼットが世間話を振ってくれていたけれど、それに曖昧な返事しか出来ない。

それでもジョゼットは嫌がるようなそぶりも見せずに話を続けてくれる。ジョゼットと過ごすこの時間だけが、今の自分が人らしく感じられる唯一の時間だった。

そんな風に時間を過ごしていると、ふとドアがノックされた。

「どうしたの？」

「お嬢様、お客様がいらしております」

「客ですって？　誰が来ているの？」

「その……エルガーデン家のルルナ様が……」

「ルルナ……？」

思わぬ名前を聞いた、と言わんばかりにジョゼットは目を丸くした。正直に言えば私も同じ気持ちだった。

ファルナ家とエルガーデン家の因縁を考えれば、ルルナがジョゼットを訪ねてくるなんてあり得ない。

それなのにルルナはやってきた。一体、何故？

「こ、困ります！　どうかお待ちになってください！」

「悪いけれど押し通らせて貰《もら》うわ」

慌てたようなメイドの声と、そのメイドを押しのけるようにやってきたのは間違いなくルルナだった。

ルルナの姿を見た瞬間、ジョゼットは一瞬驚いたような表情をしたけれど、すぐに厳しい表情へと変わる。

「ルルナ、一体何のつもり？　エルガーデン家の貴方が私の家に何の用？」

「セスカちゃんがファルナ家でお世話になってるって聞いたから。それにジョゼットちゃんにも用事があったから、揃《そろ》ってくれて都合が良かった」

「用事ですって……？　貴方が私たちに？」

「そう、貴方たちにお願いがあるのよ」

そう告げて、ルルナは今まで纏《まと》っていた空気を一変させた。

ルルナは今までどんなに柔らかい態度を取っても、壁一枚で隔てるような距離感を保ち続けていた。その壁を自分から無くしたように感じる。

ここにいるルルナは今までの彼女とは違う。その変化はジョゼットも感じ取っているのか、やや困惑した様子を見せている。

「セスカはまだしも、私に頼みを聞いて貰えると思ってるの？」

「思ってないよ。私たちの因縁はそんなに軽いものじゃない。でも、その因縁を終わらせるためにはジョゼットちゃんの力が必要になる」

「因縁を終わらせるですって……？」

「──私は、エルガーデン家を潰したいの。だから力を貸して欲しい」

ルルナが何を言ったのか、理解が遅れた。

私でさえ予想外の言葉を聞いたと驚いているので、長年因縁があったジョゼットの衝撃はもっと大きなものだろう。

呆気《あっけ》に取《と》られていたジョゼットは、驚愕《きょうがく》が抜けきらぬままルルナに問いかけた。

「エルガーデン家を潰すって……ほ、本気で言っているの？」

「本気だよ」

「何を企《たくら》んでるの？」

「何も」

「そんなの信じられる訳がないわよ！」

「ジョゼットちゃんが信じてくれるなんて私も思ってないよ。それでも私は本当だと言い張り続けることしか出来ない。私の望みを叶えるためにはジョゼットちゃんの協力が絶対必要だから」

「ど、どういうことなの……？」

困惑したジョゼットが困り果てたように私に視線を向けてくるけれど、私だってルルナが言いそうにないセリフを聞かされて困惑しているところだ。

「……疲れちゃったんだ」

「ルルナ……？」

「皆を騙《だま》して、巫子を利用して、都市を存続するための犠牲を作り続けて、それをずっと続けていく。私はそれに疑問を持つことなんて許されなかった。エルガーデン家はそういう家だったから」

淡々と告白するルルナは、まるで人形のようだった。感情が欠落していて、意思すらも曖昧な仕草は異様の一言に尽きる。

「エルガーデン家の教えに従って生きるのが自分の役割だと思ってた。おかしいと思わなかった訳じゃないけど、それ以外の生き方は許される筈《はず》もなかった」

そこまで言って、ルルナは自分を嘲笑《あざわら》うかのような笑みを浮かべた。

「恨まれて当然よね、私たちは大勢の人たちのために犠牲を出すことを良しとしてきたんだから」

そこまで言って、ルルナは身体を震わせる。握り締めた拳は力を込めすぎて骨が軋《きし》む音が聞こえてきそうだった。

「そんな私をレーネちゃんは許してくれた。許したくない筈なのに、夢も理想も全部騙していたのに、それでも。いっそ恨み言を言ってくれれば楽だった。巫子なんてなるんじゃなかったたって後悔してくれれば良かった。そう言ってくれれば償いのためにこの命をかけて良かったのに……レーネちゃんは、私に生きていいって言ってくれた！」

声を震わせながら訴えるルルナ。彼女の感情の昂《たか》ぶりに合わせてなのか、涙が頰を流れていく。その涙を指で拭ってから、ルルナは続ける。

「私は人でなしだ。それなのに、それでも生きていいって言われて、何も思わずにいられる程、恥知らずなんかになれない……！」

「ルルナ、貴方《あなた》……」

「レーネちゃんは太陽みたいに眩《まぶ》しい人だった。ジョゼットちゃんにもわかるでしょ？　全部知ってる私たちからすれば、あの眩しさは自分たちが得られないもので、だからこそ失われてしまうことがわかっている輝きだった」

ルルナの言葉にジョゼットは唇を噛《か》み締《し》めて俯《うつむ》いてしまう。

全てを知っている二人から見れば、レーネが普段から語っていた夢や理想はいずれ消《き》え失《う》せる幻そのものだ。

「あの輝きを失っても……うぅん、その輝きをどんなに傷つけられても、レーネちゃんはこの都市を守ろうとしている。それでやっと、私はどんな残酷なことを巫子に強いてきたのか理解出来たの」

涙を拭いながらルルナが顔を上げてジョゼットを真《ま》っ直《す》ぐに見つめる。

一瞬、ジョゼットが怖《お》じ気《け》づくように一歩下がりそうになったけれど、すぐに意を決したように真っ向から視線を返す。

「ルルナ、貴方がエルガーデン家を潰すって言うのはつまり……」

「全部終わらせたいの。都市の現状維持だけ望むエルガーデン家を滅ぼして、巫子という犠牲を強いてきた千年都市を終わらせたい。それが、誰も望まない未来だとしても」

「……本気で言ってるの？」

「本気でもなければ、こんなことを言う理由もないでしょ？」

「私に何をさせたいの？」

「エルガーデン家を廃して、ファルナ家が巫子の真実を都市の皆に公表して欲しい」

「……また難しいことを要求してくるわね。仮に真実を公表してエルガーデン家を廃しても、ファルナ家だって真実を知っていたのよ？　巫子《みこ》を見殺しにしてきたのはエルガーデン家だけの罪じゃない。ファルナ家も何も出来なかったわ」

「それでもファルナ家はエルガーデン家とは立場が違う。私たちは都市の停滞を良しとして、ファルナ家はそれをどうにかしようと動いてきた。秘密にしてきたのもエルガーデン家が強要し続けていたことにすれば、悪感情がファルナ家に向くのは避けられると思う。裏取りもしてきたから、証拠も提供出来るわよ」

「ルルナ……自分が何を言っているのかわかっているの？」

ジョゼットの問いかけにルルナは淡く微笑《ほほえ》んだ。それはいつも彼女が浮かべていたような笑みだ。

けれど、その笑みを今までのルルナと同じものだと見ることは出来なかった。

「ジョゼットちゃんも、ファルナ家も、真面目が過ぎるんだよ。正攻法でしか挑んでこないから私の家も好き勝手にやってきた。でも、だからこそジョゼットちゃんが唱える大義に説得力が出る。……それに時間もあまり残されてないから」

「何ですって？」

「放置すれば十年、持たせて三十年だって」

「……何が？」

「守護竜様に残された力が」

ルルナが告げた言葉にジョゼットが絶句したように言葉を無くした。

あぁ、それはもう次の世代なんて言っていられない。ファルナ家の最悪の予測が的中していたということなんだろう。

「底が見えた都市の延命をこのまま続けるか、危険を承知で都市を出て新天地を探すのか。それを都市の皆に問えるのは貴方だけなの、ジョゼットちゃん」

「……ルルナはどうするの？」

「私はエルガーデン家の娘としての責務を果たす。重ねてきた罪を清算するために。それで命を落とすことになっても、私はこれからの未来のために、今まで犠牲にしてきてしまった巫子のために命をかけたいの」

ジョゼットは眉間にこれでもかと皺《しわ》を寄せてルルナを強く睨《にら》み付《つ》ける。

暫《しばら》く激情を堪《こら》えるように震えていたジョゼットは、ゆっくりと身体《からだ》から力を抜くように溜《た》め息《いき》を吐《つ》いた。

「……勝ち目はあるの？」

「私が内部の情報を全部伝えてしまえばお父様を抑えることは簡単でしょ？」

「でも、家族なのよ？」

「その家族は、私に巫子になって都市のために死ぬか、巫子のためにあらゆる不満の受け皿になって死ぬか、どちらかしか選ばせてくれなかった。時間制限のことも秘密にしてね。そんな親に尽くす義理なんてあるかしら？」

そう言いながら皮肉げにルルナは笑みを浮かべてみせた。

その笑みを見たジョゼットは心底嫌そうに叫びながら頭を勢い好く掻《か》きむしった。

「あぁもう！　だからエルガーデン家の奴等《やつら》は嫌いなのよ！　そんな巫山戯《ふざけ》た生き方をして幸せになれる訳ないのに！」

「私もファルナ家はバカだなぁ、ってずっと思ってたよ。そんな真面目な生き方をしても幸せになれる筈ないのにね、って」

納得がいかないと言うように憤《いきどお》るジョゼットに対して、クスクスとおかしそうに笑いながらルルナが言う。

「私が思う幸せって、多分レーネちゃんに教えて貰ったんだ。レーネちゃんはいつも楽しそうで、眩しいぐらいに元気いっぱいで明るかった。夢とか理想に向かって一生懸命で、毎日を全力で生きてた」

「……そうね、だから私はレーネが苦手だった。どんなに努力しても、この都市はいつかあの子の努力を裏切ると知っていたから」

「レーネちゃんの在り方こそが本来、私たちがあるべき姿だったんだと思うよ。それを私たちの因縁とか過失なんてくだらないことで失わせていい筈がないし、これからも同じことを繰り返しちゃいけない」

「……でも、今更でしょう」

「セスカ？」

ここまで黙っていた私は、少しの憤りを込めて二人に向けて呟いた。

「ご立派なことよね。これからジョゼットとルルナが為《な》そうとしてることは正しいわよ。でも、今更そんな正しさでレーネが救われる訳じゃない。だってレーネは自分で巫子になると決めてしまった。今更都市の在り方を覆《くつがえ》しても傷ついたあの子の心も、壊された夢も、叶《かな》えたかった理想も、何一つだって元通りにはならないのよ」

これからの未来、私たちが味わった悲しみや苦しみを次の世代まで引き継がせないこと。それを正しいと思いながらも、素直に受け入れられない。

だってレーネは離れていってしまった。今頃になって都市の仕組みを覆しても、あの頃のレーネは戻って来ない。

だから私にはただの綺麗事《きれいごと》にしか聞こえない。

二人だって悩んで苦しんだのかもしれない。でも、ジョゼットもルルナも真実を知って黙っていた。

こうなるかもしれないと知っていながら、しがらみや立場が何も語らせなかった。

結局、そんなしがらみを強いてきたのは、この竜都ルドベキアそのものだ。

「この都市がどうなろうと、私はもうどうでも良《い》い……」

「セスカ……」

「私が守りたかったものは、この都市の未来なんかじゃない」

私が守りたかったのは、レーネだ。レーネこそが私にとっての光だったから。

その光を奪い去って、無惨《むざん》なまでに傷つけた。だから私はこの都市が憎い。

この都市は私にとって鳥籠のようなものだ。そんな生き方なんてしたくないと思っていた筈なのに、それを誰よりも大事だった人に望まれてしまった。

その事実が私の心を滅茶苦茶《めちゃくちゃ》に引き裂いたのだと、今更ながら自覚した。

レーネに夢を失わせ、ついでと言わんばかりに私の心まで傷つけた。そんな都市なんて心の底からどうでも良いと思える。

「今更貴方たちがどうしようと、レーネはこの都市を守ろうとするでしょうね。貴方たちが都市を変えようとしたって遅いのよ」

もう何もかも手遅れだ。何百年もずっと続けてきて、最後に傷ついて終わるのが私たちだなんて、そんな事実を呑《の》み込めだなんて簡単に受け入れられない。

「……セスカちゃん。貴方の言ってることは本当に今となっては耳に痛いわ。だからこそ貴方にお願いしたいことがあるの」

お願い、と言われて私は視線を上げてルルナへと顔を向けた。一体、こんな心情を吐き出してしまった私に何を願うというのか。

「この都市からレーネちゃんを解放してあげて欲しいの」

「……何言ってるの？　私の話、聞いてたでしょ？」

「セスカちゃんとレーネちゃんがどれだけ傷ついたのか、わかるなんて言えないし、簡単に償えるものだとは思ってない。レーネちゃんに巫子の在り方を引っ繰り返すって言っても受け入れて貰《もら》えないかもしれない。私はそれでもいい。むしろ二人にはこの都市を捨ててくれてもいいと思ってる」

「……この都市を、捨てる？」

「都市の在り方を変えるなら、レーネちゃんの存在は逆に邪魔になっちゃう。もし誰かがレーネちゃんに縋《すが》ったら、その手を振り払うことは彼女には出来ないでしょう？　巫子は、この都市の象徴は失われなければならないと、私はそう思ってる」

「待ちなさい、ルルナ。都市の外に出たって何の保証もないのよ？」

慌てたようにジョゼットがルルナに言うけれど、ルルナは軽く首を傾《かし》げながら言った。

「そうね。でも、今更じゃないかしら」

「今更？」

「竜都もこのままじゃダメになって、外にも希望がないなら、どの道を選んでも同じことでしょう？　結局、私たちに明日はない。もしそうなったら絶対にレーネちゃんを巫子に戻そうとする人が出てくる。わずかな時間であろうとも、この楽園を維持させるために」

「それは、そうだけど……」

「レーネちゃんを巫子から解放するには、竜都そのものから解放するしかもう道が残ってないの。だから、レーネちゃんを外の世界に連れ出してくれる人が必要なの。レーネちゃんが都市の未来の行く末を気にするなら、それはレーネちゃんを追い出す私たちの責任として背負う。理不尽にもレーネちゃんに一回、全部背負わせようとした罪も含めてね」

ルルナの言葉にジョゼットは口を閉ざし、私も言葉を失っていた。

ゆっくりとルルナの言葉を噛み締めるように受け止めて、私は左右に首を振った。

「……だとしても私にレーネを外に連れ出す資格はない。私は巫子の選定でも、巫子になったレーネにも負けてしまった。私の言葉も力もレーネにはもう届かない」

「本当に？」

「……何が言いたいの？」

「セスカちゃんは諦めたいの？」

ルルナに問われて、私は怒りが爆発しそうになった。それが何より私の本音だった。

「──諦めたいなんて、そんな訳ないじゃない！」

こんな都市のためにレーネが食い潰されようとしているなんて、そんなの受け入れられない。いっそ滅びて欲しいとさえ思っている程だ。

諦めたくない。けれど、諦めないことをレーネは望んでなんかいない。私がワガママを押し通したところで何になると言うのか。

「それならセスカちゃんは諦めないでいいよ」

「ルルナ……」

「セスカちゃんが、それからレーネちゃんが諦めなきゃいけない原因は全部、私が抱えていくから。貴方《あなた》たちの背負わなきゃいけない責任なんて全部、引き受けるから。そう言われてもまだ、諦めなきゃいけない理由がある？」

諦めなきゃいけない理由。ルルナにそう言われて、私は思わずハッとしてしまった。

無意識に私は諦めなければならない理由を探していたんだ。レーネのためと言いながら自分の思いを全部殺そうとしていた。

そうしなければレーネを傷つけてしまうから。レーネが守ろうとしたものを、私は捨てろとしか言えないから。

私一人ではレーネの抱えるものを取り払ってやれない。ただ無理矢理に捨てさせるしか道はなかった。

でも、もしルルナとジョゼットの協力を得ることが出来たなら？

「都市の外に何があるのかわからない。希望なんて見つからないのかもしれない。でも、見つけることが出来れば皆が幸せになれるかもしれない。都市の外に旅立っても許される立場なのがレーネちゃんであり、セスカちゃんだと私は思ってる」

「都市を旅立つ……」

「竜都は変わらなければならない。変わるための方法なんていっぱいある。都市の意識改革も、外の世界を知ることも、それは皆でやっていかなきゃいけない。もしレーネちゃんとセスカちゃんが旅に出て、そのまま都市に戻って来ないとしても構わないと思ってる。今、この都市に貴方たちを留《とど》めておける魅力も利益もないってことだもの」

　そう言ってから、ルルナは微笑を浮かべた。それは心の底からの笑顔だと確信出来る程に良い笑顔だった。

「それに二人が旅に出て、その先で何か希望を見つけられるかもしれないでしょう？　その方が二人らしいと思う」

「……まぁ、そうね。外の調査なんて送り出せる人は限られてるし、出て行きたいと言われても咎《とが》められる理由はないのよね」

　ルルナの言葉を聞いて、ジョゼットが深く溜《た》め息《いき》を吐きながら髪を軽く掻き混《ま》ぜた。

「ジョゼットまで……」

「それだけ許されないことを貴方たちにしてしまったと思ってる。だから捨てられたって文句は言えない。でも、レーネは捨てないでしょ？　だから外に出て、何か希望を見つけられるかもしれない。そっちの方が未来が繋《つな》がるかもしれないし、レーネには合ってると思う」

「都市の問題は私とジョゼットちゃんが引き受けた方がいいんだよ。導くのも、罰を受けるのもね。役割分担よ」

「……ルルナ、反動なのか知らないけれど、私は自分を犠牲にすれば良いなんてやり方は気に食わないのだけども？」

「あれ、そんなつもりはないのだけどねぇ」

クスクスと笑い声を零《こぼ》すルナにジョゼットは眉間に皺《しわ》を寄せている。二人を見ていると、私も自然と口元を緩ませてしまった。

そして堰《せ》き止《と》めていたように感情が溢《あふ》れてきた。

私は、この都市の在り方が嫌いだ。今では憎いとさえ思っている。

でも、この都市の幸福で育まれた人たちのことは嫌ってはいない。

こうして誰かのために力を尽くそうと出来る人たちがいるから。

レーネが守りたいのも、きっとそんな人たちだ。だからこそ伝えなければいけない。

レーネが守りたい人たちの中にも、同じようにレーネを守りたいと思っている人がいるってことを。全部一人で背負う必要なんてないんだって。

「……届かせられるかな」

一度は折れてしまったから、私は自分に自信が持てない。

でも、レーネを説得するにはジョゼットとルルナでさえもダメだ。それこそあの二人は立場があるからこそ、レーネは気を遣ってしまうだろう。

では誰が言えるのか。誰が言わなきゃいけないのか。それは私しかいない、と思う。

（……違うな、私であって欲しいんだ）

思い返すと、私にとってレーネはこれほどまでに大きい存在だったんだ。

だから、レーネに拒絶されてしまうのが怖かった。踏み出せなくなってしまう程に。

「確かに巫子《みこ》になったレーネちゃんは強いよ。というか、歴代の巫子の中でも一番強いかもしれない」

「……そうなの？」

「改めて考えると、鱗《うろこ》の型は竜の力を制御するための力とも言えるわよね。膨大な力を身に纏《まと》い、留めておけるのって無駄なく効率良く守護竜の力を扱えるということでもあるわ。それにレーネちゃんは努力家だったから、どの型であっても力を底上げされてる今となっては、全てが並以上のものになってる」

「鱗に至っては私の牙すらも弾《はじ》くものね」

「……隙がなくなったということね」

「この中で守るのが一番上手だったしね、そこに守護竜様の力が加わってる」

「考えれば考える程、凶悪ね……」

「でも、打ち破る方法がない訳じゃない。そうでしょ？　ジョゼットちゃん」

「ッ！　待ちなさい、ルルナ。貴方……知ってるの？」

ルルナの思わせぶりな言葉に、ジョゼットは顔色を変えてルルナを睨《にら》み付《つ》けた。

「あるだろうと思ってたわ。だって切り札にするなら、それしかないもの」

「……一体、何の話？」

「ファルナ家の切り札の話だよ。それがあればセスカちゃんにも勝機があるかも」

「そんな物があるの？」

私が驚きながら問いかけると、ジョゼットは苦虫を噛《か》み潰したような表情になっているし、ルルナは笑みを消し去っていた。

「改めて聞くけど、セスカちゃん。レーネちゃんのために命をかけられる？」

「……ええ。何か方法があるなら、それがどんな方法でも構わないわ。だから教えて」

私は決意を込めて真《ま》っ直《す》ぐルルナを見つめた。

ルルナは私の視線を受け止めた後、小さく頷《うなず》いてから話し始めた。

「セスカちゃんがレーネちゃんに勝つには、レーネちゃんと同じ土俵に立つしかないわ。つまりどうにかして守護竜様の力を手に入れるしかない」

「守護竜様の力を……」

「方法は二つ。一つ目はなんとかしてレーネちゃんを出し抜き、巫子の間にある守護竜様の泉から力を得る方法。でも、この手段は最大の難関であるレーネちゃんを突破しなければならないし、レーネちゃんに匹敵する力をその場で得られるとは保証出来ない」

「レーネが守りに入ってるとするなら、それこそ難しいわね。泉に触れ続けるなんて許されないでしょう。……もう一つの方法は？」

「それは、ジョゼットちゃんから説明して貰《もら》おうか」

「……アレを使うとしても、本当に一か八かの賭けよ？」

ジョゼットが明らかに渋ったように自分の身体《からだ》に腕を回しながら呟《つぶや》く。

私はそんなジョゼットの目を真っ直ぐに見つめてから言った。

「ジョゼット、話して。私はここで足を止めたくない」

私の言葉を受けても尚《なお》、暫《しばら》く押し黙っていたジョゼットだけれど、深々と溜め息を吐き出してから口を開いた。

「……ファルナ家の初代から受け継がれた遺産よ」

「遺産？　初代ってことは、巫子が残した遺産ってこと？」

「そうよ。本来、巫子が守護竜様の力を得るには聖地の泉にその身を浸して、力を身体に馴染《なじ》ませなければいけない」

「普通だったら力が馴染むまで時間もかかるんだけど、レーネちゃんは一瞬で馴染ませちゃったから、そこも凄《すご》いって言えば凄いんだけど……」

「……話を戻すわよ。私が初代から受け継いでる遺産は、守護竜様の一部よ」

「守護竜様の一部？」

「守護竜様の力を濃縮してあるもので、蓄えているオーラを取り込むことで一時的に守護竜様の力を得ることが出来るわ」

「そんな物あるんだ。でも、今まで使ってないってことは……何か副作用がある？」

私が確認するように問いかけると、ジョゼットは重々しく頷いた。

「そもそも、この遺産は本当にどうしようもなくなった時に使う最後の手段なのよ」

「本当の奥の手ってこと？」

「巫子であっても身体が耐えられないと言われている程、力が濃いの。巫子が本来の手段で力を手に入れる泉、それを何倍にも濃縮したものだから。制御に成功すれば巫子にも劣らぬ力を得ることが出来るだろうけど、もし失敗したら、その時点で命を落としてもおかしくない程の代物よ」

「ファルナ家が最後まで黙ってるとは思ってなかったから。そういう物があるだろうという話は私も聞いてたよ。だからエルガーデン家もファルナ家を潰すようなことは出来なかった。破れかぶれになられても困るからね」

「……もしエルガーデン家がファルナ家を潰そうとしたなら、刺し違えるつもりで遺産を使っていたでしょうからね」

「じゃあ、その遺産があれば守護竜様の力を得られるの？」

「得られるだけよ。正規の手段のように身体に馴染ませるなんてことは出来ないわ」

「でも、レーネに対抗出来る力だ」

「……死ぬかもしれないのよ？」

「死ぬつもりはない。でも、覚悟を決めないとレーネと向き合えない」

私の言葉にジョゼットは眉間に皺を寄せる。

それから天を仰いで大きく息を吐いて、目元を隠すように手で覆った。

「……誰も命をかけなくていいように、そう思ってたのにままならないわね。本当に私は弱いわ」

「ジョゼットだけが弱いんじゃない。多分、私も含めてこの都市に住む人は弱いんだ」

「セスカ……？」

私の言葉にジョゼットは驚いた、と言わんばかりに目を見開いて私を見る。

私たちは弱い。都市での生活がずっと幸せだったからかもしれない。私たちは手を取り合って苦難に挑むなんて機会がなかった。

だから誰も外に出ようなんて考えない。この安寧な生活に浸っていれば良いから。新しいものなんて必要としなければずっと幸せに生きていけるから。

巫子がその象徴であるとも言える。誰か一人が犠牲になって、その恩恵に与《あずか》って平穏を享受するだけ。

そんな人たちが明日から自分の頭で考えて、自分の力で生きろなんて言われても上手《うま》くいくわけがない。それはつまり、私たちが弱いということの証明に他ならない。

「私たちは弱い。一人一人じゃ何かを救うことも出来ない」

私だって天才なんて呼ばれているけれど、一人で出来ることなんてたかが知れている。

思い知ったからこそ、一人では諦めてしまいたくなっても、その背を押してくれる人がいるなら、もう一度立ち上がれる。

「ジョゼット。ファルナ家の悲願を、責任を、使命を、私にも預けて欲しい」

「セスカ……」

「私はこれまで何も背負おうとしてこなかった。でも、今度は違う。ジョゼットの願いも、ルルナの願いも纏《まと》めてレーネにぶつけてくる」

レーネが一人で犠牲になることなんてないって。都市を守るための方法はレーネが犠牲になる以外にもあるのだって。外に出ても良いんだよって。

外に出たからといって希望が見つかるなんて保証出来ない。それでもレーネを一人犠牲にして生き延びるよりは、ずっと何倍も良《い》い。

「私はこの都市が嫌いだ。でもレーネはこの都市の人たちが傷つくことを望まない。だから自分が犠牲になるなんて、絶対に言わせたくない。貴方《あなた》たちがレーネが巫子を辞めた後の責任を取ってくれるなら、私はレーネを外に連れ出して希望を探したい。レーネが犠牲にもならず、それでもあの子が願うように都市の幸せが続くように」

私が命をかける理由は、それで十分だ。

レーネと一緒に希望を探し続けたい。一人では見つけられない希望も、レーネがいてくれるなら大丈夫だって思えるから。

あぁ、もう二度と折れるものか。私が折れるとしたら、今度こそレーネから拒絶された時だろう。

それでも構わない。レーネを失うのなら、この命を放り捨てても構わないのだから。

長く感じた沈黙。その沈黙を破って、静かにジョゼットが息を吐《つ》いた。顔を上げた彼女はいつもの力強さを取り戻していた。

「……わかったわ。セスカ、貴方に託す。そして、私も出来ることをする」

「決行は早い方がいい。ジョゼットちゃん、準備はすぐ出来る？」

「無茶を言うわね。でも、やるしかないわね」

ルルナの確認にジョゼットは意を決したように頷いてみせた。

「やらないと何も変わらない。何も変わらないまま、レーネを犠牲にし続ける世界になんて未練はない」

私の言葉にジョゼットとルルナが頷く。

「巫子候補も育って、誰もが本当に無力な訳じゃないわ。キッカケがあれば、きっと」

「巫子にだけ犠牲を強いるエルガーデン家を潰して、力が残っている間に新しい手段を皆で探していく。そのためにレーネちゃんに巫子を辞めさせる」

誰か一人の犠牲で済むというのなら、それもまた正しいのかもしれない。

でも、私はそんな世界を必要となんてしない。

私は他の何かを引き換えにしてでも、レーネの方が大事だとしか思えないから。

目を閉じればすぐに思い出せる。レーネの明るい声、眩《まぶ》しくて目を細めてしまいそうになる笑顔。鬱陶しくなるぐらいに近かった彼女との距離。

思い出はこの胸の中にある。その思い出に残る熱が私に踏み出す力をくれる。

「――この都市なんかのために、貴方の未来を対価になんかさせない」

だから、私はレーネに牙を剝《む》くのだろう。強情なあの子の意地を打ち砕くために。

第八章　空の器に夢を注いで

「お嬢様、準備が整いました」

私にそう声をかけたのは、ファルナ家の警備を担当している兵士長だ。

彼に任せていたのは、これからエルガーデン家の制圧を行うための準備。

ルルナからの情報提供もあり、計画の準備は万全の態勢で進められている。

だから、問題があるとすれば兵士たちの指揮だ。長らく平和が続き、争いとは無縁だった中での決起だ。不安がないとは言えないでしょう。

「報告、ありがとう。皆の様子はどうかしら？」

「遂《つい》に決起の時が来たのです。緊張している者もいますが、それでも思いは一つです」

「そうですか。貴方たちには大任を背負わせてしまうことになりますが、それでも私たちを信じて付いて来て欲しいと望みます」

「えぇ、力がなくなる前に参戦出来て良かったです。お嬢様と共に戦えることを嬉《うれ》しく思いますよ」

「……では、時が来るまで待機をお願いします」

「畏《かしこ》まりました」

一礼をして去っていく兵士長を見送ってから、私はそっと溜《た》め息《いき》を吐く。

私は、物心ついた時から果たさなければならない使命を受け継いでいた。

私の家は竜都ルドベキアを築いた守護竜様の巫子《みこ》を開祖とする。それ故に幼い頃からこの都市の真実を知らされていた。

何百年も変わらないまま、停滞したまま幸福に浸り続けている都市。刻一刻と失われていく拠《よ》り所《どころ》たる守護竜様の力。

この幸福は永遠に続かない。やがていつか終わりが来る。いずれ来る終わりに抗《あらが》うためにも外に意識を向けていかなければならない。

けれど都市の運営権をエルガーデン家に握られている以上、私たちに選べる手段は少なかった。その中で一番手っ取り早く、皆を納得させる方法が巫子になって方針を変えることだった。

この方法なら流石《さすが》のエルガーデン家も逆らうことは出来ないだろう。そうして私は家の悲願を果たすべく、巫子になるための鍛練に心血を注いできた。

（……でも、私は巫子になるという家の悲願を果たすことが出来なかった）

私を打ち破ったのは誰もが認める天才でありながら、何に対しても諦めたような視線を向けていたセスカ。

そのセスカをも打ち破ったのは、青臭い理想論ばかりのレーネだった。

セスカに負けてしまったのは悔しいけれど、まだ納得することが出来た。

セスカは私がどれだけ鍛練を積んでも勝つことが敵《かな》わない才能の持ち主だったから。

都市に対して嫌悪《けんお》すら抱いているようであったセスカが巫子になれば、結果的にファルナ家の悲願は達成されるかもしれないという打算もあった。

私が悲願を果たすのが最良だったけれど、セスカが代わりに果たしてくれるならそれでも構わない。

だから自分が負けたことを受け入れることが出来た。

そう考えていたからこそ、レーネがセスカに勝利して巫子の座を摑《つか》んだ時、私は思わず思ってしまった。

――どうして私は巫子になれなかったんだろう、と。

セスカに負けるならまだ納得が出来た。でも、レーネでは納得が出来ない。

レーネと直接戦っていないから、そう思ってしまったのかもしれない。

(……いいえ、それは嘘《うそ》ね。私は単純にレーネから目を背けたかっただけ)

私にとってレーネは直視し難《がた》い子だった。

努力家で良い子だけれど、都市の真実も知らないから甘い理想論を掲げることが出来てしまうのだろうな、という憐《あわ》れみを抱いていた。

どこまでもお人好《ひとよ》しで、面倒事には首を突っ込まずにはいられない。私がルルナを敵視して啀《いが》み合《あ》った時にわざわざ間に入って仲裁をしようとする程だ。

ファルナ家とエルガーデン家の因縁の深さは誰でも知っていた筈《はず》なのに。それでも私たちの諍《いさか》いを止めようなんて、はっきり言えば呆《あき》れ果《は》ててしまった。

(なんて憐れな子なんだろう)

万が一にも、こんな子が巫子になってしまったら苦しむしかない。

だから尚《なお》のこと、私は巫子にならなければならないと志した。

鍛練、鍛練、鍛練、ただひたすらに鍛練を重ねて、巫子の座を目指した。

その鍛練を軽く越えてしまうセスカなら、まだ良い。でも実際に巫子になったのはあのレーネで、私は頭が真っ白になってしまった。

あの子が巫子になれば憐れなことになるのに、私は止められなかった。

何も出来なかった。そんな後悔に浸る間もなく、状況は目まぐるしく変わっていく。

巫子になって、私たちが隠していた真実を知ったレーネ。

そんなレーネの意志を変えられる可能性があったセスカに真実を教えた。

そして、結果的に私は二人を酷《ひど》く傷つけてしまった。

(……言い訳よね。使命を理由にして、私は都合良く人を操ろうとした)

私はファルナ家に生まれた子として、皆を守らなきゃいけないのに。

結局、私は誰も守ることが出来なかった。それどころかレーネとセスカが争うことになるとわかっていても、セスカに真実を伝えた。

そんな浅ましい私が、こうして都市の在り方を覆《くつがえ》そうとしているのは滑稽じゃないだろうか……？

(沈んでいる場合ではないのに、どうしてこんなことばかり頭に浮かぶのかしら)

間もなくエルガーデン家に攻め入り、レーネの下へとセスカを辿《たど》り着《つ》かせなければならない。エルガーデン家を強襲する私たちは都長の身柄を押さえ、その間にセスカがレーネの下へと向かい、説得する。

都長だって逃がす訳にはいかないけれど、より重要なのはセスカがレーネを説得出来るかどうかだ。説得出来なかった場合、私たちは彼女によって鎮圧されてしまうだろう。

ファルナ家が奥の手として残していた遺産もセスカに与えてしまったし、もしセスカが失敗したら私たちの計画も失敗に終わってしまう。

だから、今考えるべきなのはこれからの戦いについてだ。それなのに何度も後悔を思い返してしまう。気が滅入《めい》ってしまって、深い溜息《ためいき》を吐き出した。

「——随分と沈んだ表情をしてるのね、ジョゼットちゃん」

「……ルルナ」

不意にかけられた声に私は顔を上げた。そこにはルルナがいた。

はっきり言って、彼女のことは家の因縁を抜きにしても嫌いだった。

そう、嫌いだった。それなのに、今は声をかけられても不快だと思わなかった。

「……気でも遣ってるの？」

「これから大仕事なんだから、失敗出来ないでしょ？　だったら憂いは晴らしてあげようかと思って？」

「まさか、ルルナにそんなことを言われるなんてね。正直言って気味が悪いわ」

「私も、今までの私らしくないと思うよ。ジョゼットちゃん」

私は仏頂面《ぶっちょうづら》で、ルルナは相変わらず何を考えているのかわからない微笑を浮かべて言葉を交わし合う。少し前までだったら考えられないことだ。

「……結局、この都市の命運を決めるのはレーネとセスカなのね」

「もしかして、それで落ち込んでる？」

「……本当に人を苛立《いらだ》たせる天才ね、貴方《あなた》は」

小首を傾《かし》げながら問いかけて来たルルナに、私は軽く苛立ちながらも言葉を返す。

すると、ルルナが先程よりも良《い》い笑みを浮かべてクスクスと笑い出した。

「別にそんな才能が欲しかった訳じゃないんだけれどねぇ」

「……調子が狂う。だから貴方が嫌いなのよ、ルルナ」

「私もジョゼットちゃんが嫌いだったよ。でも、ほら、あれなのかもね」

「あれって何よ」

「同族嫌悪」

「チッ」

「うわ、大きな舌打ち。お嬢様らしくない」

「それを貴方が言う？」

思わずルルナを睨《にら》み付《つ》けながら言ってしまう。けれど彼女は肩を竦《すく》めてみせた。

「だから同族嫌悪だって言ってるんだよ。ジョゼットちゃんが落ち込む理由って、細部は違うけれど多分、私と同じようなものでしょ？」

「……何が言いたいのよ？」

「──私たち、他に並ぶ家がないぐらい立派な家に生まれたのにね。どうして運命を決するのがレーネちゃんとセスカちゃんなんだろうね」

ルルナの呟《つぶや》きに私は拳を握り締めながら、思わず天を仰いでしまう。

一体、私の何がレーネやセスカに劣っていたのだろう。どうしてあの二人のようになれなかったのだろう。あんなに頑張ったのに、誇りを持って生きてきた筈なのに。

「……私たち、何が足りなかったのかしらね」

「ジョゼットちゃん、気付いてるのに目を逸《そ》らすのは良くないと思うよ」

思わず声を荒らげて噛《か》みつきそうになるのを、歯を噛みしめることで堪《こら》えた。

悔しいことにルルナに反論することが出来なかった。その気付きも、この女がキッカケだったというのもまた腹立たしい。

これはまだ、確かな正解ではないと思う。でも、今はそうだと考えると納得出来る。

(私には夢や希望というものがなかった。あったのは義務感だけだった)

私も、ルルナも、ただ家から与えられた役割をこなすだけだった。

レーネのように夢を見ていた訳でもない。絶対に届かない壁に挑み続けて、それで勝利をもぎ取ってしまうような情熱を私は持っていない。

セスカのように疎《うと》んでいた訳でもない。決められた残酷な仕組みに対して怒りを露《あら》わにして、どうしようもないとわかりながらも友達のために駆け出せない。

私には使命があった。でも、使命しかなかった。そこに彼女たちのような熱はない。

きっと、それはルルナも同じだったんだろうと思う。私たちは血族が継いだ使命だけをこなすだけの人形にも等しかった。

レーネとセスカを思うと、どうしてもそんな思いを振り払えなくなってしまう。

だって私は、レーネのように都市の真実を知っても、都市の皆のために犠牲になるなんて選択肢は選べない。

セスカのように他の人がどうなろうとも、たった一人のために抗おうなんて出来ない。

熱く、激しく、それでいて温かい。そんな思いを私は持っていないから。

ファルナ家の悲願は重い。でも、その悲願を叶えた先に何があるだろうか？

私たちが外に出ることを選んだとして、その先に幸福な未来はあるのだろうか。

そんなのわからない。それなら、終わりまで安寧を享受しようとするエルガーデン家の方針が支持されてきたのもわかってしまう。

それでも私はファルナ家の娘だった。私が諦めてしまえば、安寧の終わりを甘受出来ない人たちの期待を、先祖が重ねてきた思いを無にしてしまう。

その思いを無にしてしまうのが、ただ恐ろしかった。自分にはそれだけだった。

そこまで考えて、私は腑《ふ》に落ちてしまった。

「……私は、ただ苦しかったのかもしれないわね」

ファルナ家の娘として、その悲願を果たす者として生きることが苦しかった。

私の手で都市の安寧を打ち壊さなきゃいけない。必要なことであっても反発が出てくるのは避けられないだろう。

導いていかなければならない人から罵倒されると考えてしまうと、足が竦んでしまいそうになる。そんな自分を認めたくなかった。恐れは足を止めさせるから。足を止めてしまえば考えてしまうから。

私の進もうとしている道は本当に正しいのかなんてことを。

「苦しいよね」

「……わかったように言うわね」

「ジョゼットちゃんって本当に素直じゃないよね」

「うるさい」

ケラケラと笑ってくるルルナが心の底から鬱陶しい。もう一度、舌打ちでもしてやろうかと思っていると、ルルナがどこか遠くを見るような視線になっていた。

「でも、本当にわかってくれるのはジョゼットちゃんだけだと思うよ。だってレーネちゃんとセスカちゃんを同じ場所から見て来たんだから。あの二人を見てると息苦しくなるのはわかるよ」

「……それは、そうね」

「もっと早く、こんな生き方は苦しいんだって気付けてれば、レーネちゃんが巫子《みこ》になる前から協力することが出来てたら、こんなに胸が苦しくなるような後悔なんてしなくて良かったのかな」

「……後悔したからそう思うだけでしょ。もしも、なんてあり得ないわ」

「厳しいなぁ、ジョゼットちゃんは」

「私たちに甘えなんて許されないわ」

「……そうだね。耳に痛い程、正論だ」

いつもの微笑を苦笑に変えてルルナが呟くように言った。

そんなルルナの様子に溜《た》め息《いき》を吐《つ》きながら呟いてしまう。

「……正論だからこそ、息苦しいのね」

「……正論だからこそ苦しい、か。それは確かにその通りだと思う」

しみじみとルルナが同意した。だから、私は更に言葉を重ねてしまう。

「果たす役割なんて、なければ良かったのにね。そうすれば私たちはこんな生き方をしなくて良かった。私たちには甘えは許されなかったけど、その正論はこの都市が昔から変わらないままだったから」

目を閉じて、痛みを覚えた胸を撫《な》で下《お》ろしてしまう。

「今だから言えるわ。正論ばかり押し付けられたって息苦しいだけだって」

「……そうだねぇ」

「必要なのは意志だったのよ。今を変えたいという願い、新しい明日が欲しいという夢を見る気持ち。私たちには欠けていたものよね」

私は正しい生き方をして、誇り高く生きたかった。

そう生きなければならないと思っていた。名家に生まれた以上、それが私の果たすべき義務だと思っていた。

でも、それじゃあ足りなかった。

私は与えられた枠の中での努力しか出来なかった。

その枠を超えようとする力も、意志も、何もかもが私には足りなかった。

そして、その力と意志をレーネとセスカは持っていた。

だからあの二人が今、この都市の行く末を決める立ち位置にいる。

「——眩《まぶ》しいわ、本当に」

ずっと、あの二人が眩しかった。

憧れているだなんて口に出来なかった。自分が劣っていると認めてしまったら、立ち上がることが出来なくなりそうで。

「……本当に眩しいよね。あんな風になれたら、後悔もしなくて良かったのかな」

「……もしも、なんてないって言ったでしょ」

「だったら受け止めるしかないね」

「……そうね」

相反する立場で、でも共感し合えるルルナがいる。それを救いに感じるなんてどうかしているかもしれない。

「私は弱くて、力も足りなかった。だからといって、いつまでも無力のままでいて良い訳じゃない」

私自身が果たさなくても、自分よりも新しい未来を拓《ひら》くことが出来ると思えるレーネとセスカがいる。

だからといって二人に頼り切りになるのは違う。

誇り高く生きたいのであれば私も力を尽くさなければならない。

与えられた正しさに殉ずることが正しいのではなく、自分の思う正しさに全てをかけることが必要なんだ。

「レーネとセスカの邪魔はさせない。あの二人が生きたいように生きるには、この都市はあまりにも狭すぎるわ」

幸福で、変わる必要もない、それでもいつか終わることが約束されている楽園。

そこにしがみつくだけでは何にも抗《あらが》えない。だから武器をとらなければならない。

力を手に、意志を胸に。そして新しい明日への一歩を踏み出さなければならない。

私だって、レーネとセスカのようになりたい。重苦しくて息をするのも一苦労な現実を変えてみたい。

だから現実を前にして落ち込んでいる暇なんてない。

「俯《うつむ》いたままでいるなんて、私の性に合わないわ」

「ひゅー、格好《かっこ》良い〜」

「……わざとやってる？」

「ううん、心の底から格好良いって思ったから言っただけだよ」

「貴方《あなた》が言うと、本当に何の信用もならないわね」

「これまでずっと空っぽの嘘《うそ》つきだったからね」

空っぽの嘘つき。自分のことをそう称するルルナに私は思わず呟きを零《こぼ》してしまう。

「……なら、私は空虚かしらね。見かけだけで中身が薄っぺらで」

「ジョゼットちゃん？」

「中身が薄っぺらでも、空っぽでも、これから埋めていけばいい」

「物は言いようだね。……でも、そうだな。本当はさ、こんなことを思っちゃいけないのかもしれないけれどね」

「何よ？」

ルルナはどこか困ったように笑っている。

けれど、その目は鋭く、一切笑っていなかった。

「お父様にはちょっと報いを受けてもらいたいなぁ、なんて」

「別に良《い》いんじゃないかしら？」

「……良いのかなぁ。こういう気持ちを抱えたことがなかったから、よくわからなくて」

初めて不安を覚えてしまったかのように、ルルナは小さく呟《つぶや》く。

そんな彼女に対して、私は鼻を鳴らしながら言ってやった。

「本当に貴方がどうしようもない人になり果てるなら、私が頬を叩《たた》いてでも正気に戻してやるわよ」

私はルルナのように親や家を憎むような気持ちはない。けれど、生まれる家が逆だったら私が彼女のようになっていたかもしれない。

だから、もしルルナが道を誤るようだったら私が止めてやれば良い。近いからこそ届く言葉だってあるだろうから。

そう思っていると、ルルナはキョトンとした表情になっていた。それからくすぐったそうに笑みを浮かべる。

「……ジョゼットちゃんのビンタは痛そうだなぁ」

「当然でしょ」

「そこは手心とか加えるつもりは？」

「一切ない」

「ひぇぇ、酷《ひど》いし怖いなぁ」

「貴方が、親を許せるというのなら手心を加えてあげても良いけど？」

「……本当、厳しいなぁ」

ルルナは困ったように眉を寄せて、それから堪えきれないと言うように笑った。

「私、やっぱりジョゼットちゃんのこと、嫌いかもしれない。……あぁ、これが妬ましいという気持ちなんだね。嫌になりそう」

「ふふっ、いい気味だわ」

「さっきから本当に酷くない？」

「だって面白いもの、そっちの方が私は好ましいわよ。何を考えているのかもわからない貴方よりは、ずっと今の貴方の方が好ましい」

「性格悪い～」

「お互い様ね。……無駄口を叩くのはここまでね」

「そうだね。じゃあ、行こうか」

踏み出した一歩は同時に、目指すのはエルガーデン家だ。

ルルナと並んで歩きながら、私は心の中で祈りを捧《ささ》げる。

（――セスカ、レーネ。どうか貴方たちにも納得がいく結末が訪れますように）

第九章　そして、少女たちは武器を手にとった

泉に身を浸して、力を抜きながら浮かぶ。垂れ堕《お》ちる雫《しずく》が泉に落ちていくのをどれだけ繰り返しただろうか。もう見飽きてきた光景にそっと目を閉じる。

（ルルナ、どこに行っちゃったんだろう……）

最近姿を見かけないので、少し気になってしまった。せめて話し相手ぐらい欲しいのに。気が滅入《めい》ってしまいそうだ。

一人でいると余計なことばかり考えてしまう。セスカを退けてから一体どれだけの時間が経《た》ったのかとか。

それだけでも嫌なのに、時間の感覚も忘れてしまいそうになる。そう感じてしまうのは空腹を感じないからだ。

ここは守護竜様の力に満ちていて、力を取り込むだけで身体《からだ》の維持が出来てしまう。かといって食べ物が食べられない訳ではない。ただ身体が必要としていないのを自覚してしまうだけ。それが何より自分が人から外れていくのを自覚させてくる。

目を閉じて揺蕩《たゆた》っていると、嫌でも感覚が広がっていくのがわかった。

そして見せ付けられるのは、都市の外の世界だ。まるで意識だけが外の世界へと飛んでいるかのように、私は世界を知覚する。

都市の中は生命の恵みに満ちていた。けれど、都市の外に広がっていた世界はどこまでも荒れ果てている。

無造作に岩や枯れ木が転がり、赤茶けた大地が剝《む》き出《だ》しになっている。その光景が果ても見えない程に続いていて、生命の気配なんて感じ取ることが出来ない。

この土地は死に絶えている。雑草も芽吹けない程に終わり果てた地。そんな中で守護竜様に守られた都市の中だけが例外だった。

(だから誰も都市の外になんか出ようと思わない。たとえ外に出たとして、希望があるなんて思えない。だからこの都市には巫子《みこ》が必要なんだ)

この都市を維持するために、この地で生きて行く人を生かし続けるために。

そのために誰かが守護竜様の代理とならなければならない。その力を身に宿すための器となり、その役割を代わるために。

必要なことなんだ。この世界で生きて行くためには。誰かがやらないといけない。それが巫子となるために最後まで勝ち上がった私の責任であり、役目なのだから。

（……暇だな）

ただ、時間だけが過ぎていく。泉に揺蕩うのにも飽きて、泉の縁にまで戻る。

守護竜様の力を身に宿すのに最初は激痛を伴っていたけれど、もう痛みを感じているのかもよくわからなくなってしまった。

最初は力の効率化について考えていたけれど、それも出来る限り終えてしまった。後は長い時間、その循環を維持させて都市を延命させるだけ。

それが私の使命であり、今の私に許された全てだった。

（……寂しいな）

一人は寂しい。でも、一人にも慣れなきゃ。きっとこれから死ぬまでこんな生活が続いていくのだから。慣れてしまわないと心が壊れてしまう。

少しでも長生きしなきゃいけないと思う。巫子になれるのは、きっと私が最後だから。

私にしかこの幸せを続けられないから。

（それはやっぱり嫌だな、って思っちゃうな……）

私は巫子になった。巫子になって、都市を維持し続けていく。ただそれだけ。

ここから先は何もない。何もない方が良いんだ。

だって、それはこの都市が平和であるという証拠なのだから。

そして、いつか来る終わりまでずっと目を閉じていたい。

(早く慣れなきゃ。何もしなくて良い生活に、ただここにあるだけの日々に……)

この日々に飽いて、守りたいという気持ちすらも擦り切れる前にどうか。

そう思っていると、足音が遠くから聞こえた。誰かがここに踏み入ったようだ。

(この足音は……ルルナじゃない)

間違いなく走っている足音。ルルナであれば走ってくる必要はない筈《はず》だ。

じゃあ、一体誰が？　そう考えた時、心臓が一瞬だけ高鳴った。

脳裏に浮かんだ答えを否定しながらも、私は泉の縁に置いていた双剣に手を伸ばした。

走ってこちらに向かっていた足音は、もう少しでここに辿《たど》り着《つ》くというところで速度を緩めた。

ゆっくりと歩く足音に、やはりルルナであって欲しいと祈るような思いで待つ。

「……あぁ」

思わず声が漏れてしまった。どうしようもなく泣きそうになってしまった。心がぐちゃぐちゃに掻《か》き混《ま》ぜられてしまいそうになる。

どうして、と心の中で呟く。自分でも判別出来ない程の様々な感情が入り交じって叫びたくなってしまいそうになる。そんな思いを強く唇を噛《か》み締《し》めることで堪《こら》える。

壁に埋め込まれた竜石の明かりに照らされて、彼女は――セスカはゆっくりとした歩みで中へと踏み入ってきた。

「レーネ」

「……セスカ」

込み上げて来る感情をそのまま込めて、彼女の名前を呼ぶ。だから自分の声は低いものになってしまった。

セスカは槍《やり》を手にしたまま、ゆっくりと空洞の中へと入った。守護竜様の亡骸《なきがら》に気付いた時には息を呑《の》んでいたけれど、すぐに納得したように息を吐《つ》いた。

(知っていたとしても、改めて見てもその程度の反応なんだね……セスカ)

淡泊とさえ言えたセスカの態度に何を思ったのか、それもわからないままだけれど。感情がぐちゃぐちゃに掻き混ぜられたままで、身動きするのにも水の中で藻掻《もが》いているように重たいような気がする。

私が何も言えずにいると、セスカがぽつりと口を開いた。

「ここに来るまで、色々と想像してみた。もう一度、レーネに会えたら、自分はどんなことを思うのかな、って。怒るのか、泣きたくなるのか、それともやっぱり嬉《うれ》しいのか。それとも、やっぱり悲しくなるのかな、とか。本当に色々と……考えた」

セスカの声はとても落ち着いていた。ただ淡々と、彼女は言葉を紡《つむ》ぐ。

「どれも有り得そうで、何もわからなかった。ただレーネにもう一度会いたくて、ここまで来て、あともう少しだって思った時に……全部、どうでも良くなった」

「どうでも良くなった……？」

「悩む必要なんてなかったんだ。私が気付いてなかっただけで。それをここに来る寸前で気付けたんだ」

セスカはそう言ってから柔らかく微笑《ほほえ》んだ。

なんで微笑んでいるのかわからない私は、ただ困惑することしか出来ない。

「レーネ」

まるで、いつものように。

朝、目が覚めた時、ふと用事があった時、何気ない日常の中で私を呼ぶような気軽さで
セスカは私を呼んだ。

「私は、貴方《あなた》をここから連れ出しに来たよ」

「…………なんで」

悲しかった。辛《つら》かった。苦しかった。もう、憎しみさえ抱いてしまいそうだった。

どうして放って置いてくれないの？　どうしてそんなことを言うの？

もうどうしようもないことなのに、まだ諦めろって言うの？

ただただ、私はセスカの言葉を拒絶したくて耳を塞ぎたくなる。

「私だけじゃない。ジョゼットもルルナも、貴方が巫子を辞められるように動いてる」

「……え？」

「もう終わりにしたいのは、私だけじゃないんだ」

「なんで……？　なんで、そんな勝手なことするの⁉」

溢《あふ》れ出す感情のままに私は叫んでいた。

セスカだけじゃないってどういうことなの？

なんでルルナまで私が巫子を降りられるように動いているの？

意味がわからなくて困惑する私に、セスカは穏やかな声で語りかけてくる。

「皆が皆、貴方が犠牲になれば良いなんて考えてないってことだよ」

「わかってない、何もわかってないから、そんなことが言えるんだよ！　巫子は必要なの！　巫子がいないとこの都市は維持出来ない！　それ以外に生きる道がないの！」

「それが本当かどうかわからない」

「わかるわよ！　私にはわかるの！　都市の外に何が広がってるのか！　だから、外の世界に出ても私たちが生きていける場所なんてないんだよ！」

脳裏に過《よぎ》るのは荒れ果てた外の世界。

巫子であることを止《や》めれば、この都市だって荒廃した世界と同じになってしまう。

私たちは守護竜様の加護に縋《すが》って、この地で生きていくことしか出来ない。

「それはジョゼットもルルナも言ってたわね。それだったら、どっちを選んでも同じことじゃない？」

「同じ……？　何が同じだって言うの⁉」

「何を選んでも終わりが来てしまうなら、レーネが一人で全部背負う必要はないでしょ」

「……だから、巫子を辞めろって？」

「レーネが犠牲になる必要なんてない。一人で滅びの責任を背負う必要もないよ」

「皆、セスカのように真実を受け止められる訳じゃないんだよ！」

言い聞かせるように言うセスカに、私はどうにもならない感情を叩き付けた。

息が荒くなってしまう私に、セスカはそれでも落ち着いたまま語りかけてくる。

「それでも、レーネ一人で背負う必要はない。皆が知れば良いと私は思ってる。この都市が巫子なしではどうにもならないことも、巫子の役割を背負うことの意味も。全部知った上で、私たちは全員で道を探すべきよ」

「それで争いになったら意味がない！」

「……レーネにとってはそうかもしれないね。貴方は、この都市を守りたくて巫子になることを決めたんだから。争いが起きるかもしれない選択肢なんて選べないよね」

「だったら……！」

「でも、私はそうじゃない。私はレーネのようにお人好《ひとよ》しにはなれないよ」

セスカはどこまでも穏やかに告げる。この前会った時とは違い過ぎるセスカに私は調子を崩されてしまう。

感情が揺さぶられて、癇癪を起こしてしまいそうだ。どうしてこんなに心がざわめいてしまうのかわからないまま。

「いい加減にしてよ、セスカ！　もう良《い》いから帰ってよ！　貴方との話はこの前、決着がついたでしょ！」

「なら、先に謝っておく。……やっぱり諦められそうにないわ、レーネ」

セスカの穏やかな一言が、私を何よりも傷つける。

目眩《めまい》と頭痛を感じて、つい手を額に当ててしまう。誤魔化すようにこめかみに力を込めるけれど、湧き上がってくる苛立《いらだ》ちが抑えられそうにない。

「レーネが望んで、私は負けた。なら、そこで引き下がるべきなんだろうね。それでも、こうして貴方の前に立ってる。我ながら往生際《おうじょうぎわ》が悪いと思うわ」

「わかってるなら、諦めてよ……」

「それは出来ない」

「なんで……？」

「私は、巫子《みこ》が何かも知らずにレーネに巫子になれば良いと思ってしまってたから。貴方を巫子にしてしまった責任がある」

「責任なんてない！　セスカだって何も知らなかったし、これは私が選んだ道だ！」

「でも、知ってたら私は絶対にレーネを巫子にしなかった。こんなのレーネの夢を裏切るだけで、何の救いにもならない。それなら、巫子なんて何の価値もない！」

はっきり強く言い切るセスカ。あまりにも強く言い切るから、気圧《けお》されてしまいそうになる。

「レーネがなりたかったものは、誰かのために犠牲になるものじゃなかった。ただ、皆を守れるようになりたかっただけだった。だから、こんなのは間違ってるんだよ」

「やめてよ！　もうどうしようもないんだよ！　これしか守る方法がないんだったら、私はその方法を選ぶよ！　皆を絶望させることなんて、私は出来ない！」

「私は絶望なんかしない。……ごめん、嘘《うそ》ね。一回絶望したから、もう絶望したくないんだ。だからここにいるんだ」

セスカは言いにくそうに言ってから、私を真《ま》っ直《す》ぐに見つめてくる。

「レーネを救うことを諦めて絶望するぐらいなら、私は生きている意味もなくしてしまうから。だから何度だって貴方に届かせるために伝えるよ」

「……なんで？　なんでなの？」

問いかける声が震えてしまう。

どうしてここまで、セスカは私を思ってくれるんだろう。

私は貴方を突き放したのに。酷《ひど》い仕打ちをして痛めつけたのに。

「──私がこの都市が憎い。もし巫子になれてたら、竜都なんて全部壊してたよ」

セスカの言葉に私は思わず息を呑んでしまった。

セスカはどこまでも本気だった。本当にセスカが巫子になっていたとしたら、この都市を本気で破壊していた。そう確信してしまう程に。

「私はこの都市の在り方が正しいなんて思わない。誰か一人に責任を負わせて、何も知らずに生かされているなんて醜悪さすら感じる」

「でも、この都市があるから皆が笑って暮らせるんだよ！」

「それなら尚更《なおさら》、この都市の現実を受け止めるべきよ。レーネは耐えられるの？　何も知らなかったからって、誰か一人の人生を自分たちのために捧《ささ》げさせていることに。もし、その真実を知っても心の底から感謝出来る？」

「それは……」

「誰か一人が犠牲になれば自分たちの生活が保障されると言われて、じゃあ皆でそうしようなんて言う世界なら、そんな世界は滅びてしまえば良い」

「セスカ……」

「その生贄《いけにえ》に、大事な人を捧げろって言うなら尚更だ！」

その言葉はどこまでも鋭く私を斬り付ける。深く、強く、心の奥まで届く程に。

こんなにセスカが怒っているところを、私は今まで見たことがない。そのセスカの怒りの理由が私であることに心がぐちゃぐちゃになっていく。

「レーネは望んで責任を背負える人ばかりじゃないって言ったけど、誰か一人に責任を押し付けて、何も知らない振りをさせるのが正しい訳がない。なら、皆にも知る権利を与えるべきだと思わないの？」

「それは……」

セスカの問いに私は答えることが出来なかった。

もしも、私に犠牲になってくれてありがとうなんて言われてしまったら、そんな想像をするだけで胸が張り裂けそうになる。

知らずに自分が加担させられているのも嫌だし、それなら知っていたかったと思ってしまうだろう。

でも、それでも私は――。

「ねぇ、レーネ。そんなに他人が信じられなくなっちゃったの？」

「……」

「皆、この現実を前にして絶望してしまう人ばかりだと思ってるの？　誰かが一緒に立ち向かってくれると思わないの？」

「……思うからこそだよ、セスカ。私は、皆を絶望させたくないんだよ。こんなに幸せなのに、その幸せが終わっちゃうなんてどう伝えれば良いの？　誰も傷つかないで終わる方法がないのに！」

誰も傷つけたくない。

誰も絶望させたくない。

だから、この幸せが終わるなんて伝えられない。

誰よりも、何よりも守りたかった私の幸せ。叶《かな》わないと突きつけられた夢。

なら、せめて泡沫《うたかた》の間だけでも、長く、ずっと、この夢を見続けて欲しい。

誰も傷つかず、夢見る楽園を。その楽園を最後に閉ざすのが私だとしても。

それで皆に憎まれ、恨まれ、罵られても。誰かが傷つくよりはずっといいから。

「私が一番、現実をわかってるんだ。どうしようもないんだ。だから、いつか終わるとしても、最後まで頑張って、それでごめんなさいって言うから。私には、もうそれしか出来ない……！」

「——ふざけないでッ‼」

空気が震えてしまいそうな程の怒りを感じた。

顔を上げると、先程よりも激しく怒ったセスカがそこにいた。

「レーネは優しいね！　だけど、その優しさはただの押し付けだ！　自分の人生を捧げますから幸せになってくださいって言ってるようなものだ！　そんな押し付けで私は幸せになれない！」

押し付け。その一言に、私はよろめきそうになってしまう。

でも、すぐに歯を食いしばって全身に力を込めてセスカを睨《にら》み付《つ》ける。

「そうでもしないと、この都市は守れないんだよ！」

「それは、貴方《あなた》を犠牲にしてまで守るべきものなの？」

「それが巫子の果たさなければならない役割だもの」

「巫子だからって勝手に期待して、押し付けて、自分の生活を良くしてくれるのが当然だと思ってる。別に望んで才能があった訳じゃないのに。才能があるというだけでもて囃《はや》して、自分たちが望んだものじゃなかったからって陰口を叩《たた》く。私が知っている竜都の人たちはそんな人ばっかだ。ずっと、ずっと気持ち悪いって思ってた」

　吐き捨てるようにセスカは言い切った。

　セスカの纏《まと》う気配が冷たくなっていき、背筋に悪寒《おかん》が走りそうだった。

　彼女がずっと、こんな気持ちを抱えていたのかと思うと、私はどうしていいのかわからなくなってしまう。

「自分たちが望む巫子だったら優しくして。自分たちの望まない巫子だったら気に入らないと言って。私はずっと望まない在り方を勝手に期待されてきた。巫子になることを望んで必死に努力している人に目も向けない。視界に入っても何も期待せず、何も関心を寄せない。そんな人を私はずっと見て来たんだ」

「……セスカ」

「レーネは人を信じるのが怖くなっちゃったのかもしれない。でも、私はもうずっと前から人を信じることが出来なかった。この都市の人が嫌いだ、自分の思い通りにならなかったらどこまでも身勝手になるから」

手が震える程にセスカは握り締めながら、低く唸《うな》るような声で言った。

そんなことを思っていたなんて知らなかった。セスカが他人に興味を持とうとしていなかったのはわかっていたけれど、そのセスカがここまで負の感情を他人に抱いていたなんて考えもしなかった。

だって、セスカは無関心で他人に興味を抱かなくても生きていけるから。だから一人でもずっと大丈夫なのだと思っていた。

でも最初から無関心だった訳ではなくて、信じられなくなって、憎かったからこそ無関心になったのだとしたら……。

「レーネが初めてだったんだ。心の底から信じていいって、貴方の夢を一緒に見ていたいって思ったのも。私が絶望せずに済んだのはレーネがいてくれたからなんだよ」

セスカから真っ直ぐに突きつけられる言葉に、私はよろめきそうだった。

そんなに重い期待を、私が思っていた以上の思いを私に向けてくれていたなんて思ってもみなかったから。

「私は嫌だ！　レーネを誰かの幸せのために生贄にしなきゃいけないなんて、そんなの我慢がならない！　それなら全部滅んでしまえばいい！　何も救ってくれなくていい！　それで良《い》いって言うレーネも嫌いだ！　それで良いなんて言わせてしまう世界も嫌いだ！　ずっと、ずっと、全部嫌いだったんだ‼」

声を震わせながら、訴えるようにセスカは叫ぶ。

まるで、その姿が泣いている子供のように見えてしまった。もしかしたら、これはずっと泣くことが出来なかったセスカに残る幼い心そのものなのかもしれない。

「何もかも諦めて、仕方ないとしか言えなくなった私に諦めなくてもいいんだって教えてくれたのはレーネだ。そのレーネを、どうして私が仕方ないって言いながら諦めなきゃいけないの？　レーネの人生を奪ってまで、どうやって幸せになればいいの⁉」

「……それは」

「似合わないよ、レーネが仕方ないから、なんて言うのは」

ぽつりと、セスカは目に滲《にじ》ませた涙を拭いながらそう言った。

「今のレーネは私と同じだ。望んだことでもないのに受け入れなきゃいけないって、これから何も期待しないで生きていくしかなくて絶望してた頃の私と。そんな私を救ってくれたのは貴方だった」

「止《や》めてよ……もういいから……」

「絶対に止めないよ。貴方に届くまで何度だって伝える」

「止めてって言ってるでしょ‼」

耳を塞いでしまいたかった。でも、武器を手放せないから絶叫することしか出来ない。

セスカの目には悲しみが満ちていた。酷く傷ついたように見えるのは、どうして？

それだけセスカを傷つけたのは……今の私なの？

「今の貴方と、今の私。今までの私たちと全部逆の立場だね」

周囲の人たちから期待を押し付けられて、仕方ないと諦めていたセスカ。

自分の夢を追いかけ続けて、どんなに苦しくても諦めなかった私。

あぁ、本当だ。今の私たちは逆になってしまっている。

「何かが間違ってないと、こんなことにはならないよ。だって、そうでしょう？　貴方が私に勝ったのは諦めなかったからだ。ずっと諦めていた私に諦めなくていいんだと教えてくれたのに、その貴方が私に諦めろって言うの？」

「……」

「それとも、結局……貴方が私に教えてくれた夢も、希望も、救いも、こんな簡単に失われてしまうものだったの？」

「……」

「……何とか、言ってよ」

言葉が、何も出て来なかった。

重い沈黙が満ちて、潰れてしまいそうになる。

でも次の瞬間、そんな重い空気をセスカは打ち消すように軽く笑った。

「……何てね。あぁ、本当に私らしくない」

「……セスカ？」

「うぅん。私たちらしくない、だね。互い違いになってるなんて本当にらしくないんだよ。

私の役柄じゃないって」

穏やかにセスカは笑っていた。どうしてここで笑えるのか、私にはわからない。

そうだ、わからなくなってしまっていたんだ。理由なんて、とても単純だったのに。

「世界に厭気《いやけ》が差して、仕方ないからなんて諦めるのは私じゃないと。それこそバカみたいなお人好《ひとよ》しが、それでもって言ってくれないと……私の人生はこれから先もずっとつまらないままなんだよ」

「……ぁ」

「レーネ。貴方が見せてくれた夢って、こんな終わり方でいいの？」

良い訳が、ないよ。

セスカの問いかけに、私は息を止めそうになってしまう。

「皆が幸せに笑っていられる世界なんて、やっぱりどこにもなかったの？」

ないのかも、しれない。

思わずそう言いかけて、唇を噛《か》み締《し》めてしまう。

「私は認められないよ。この程度の結末に満足させられるために貴方に負けた？　そんなの絶対に違う。そうでなきゃおかしいんだよ」

もう、止めて欲しい。

そう言いたいのに、どうしても声が出ない。

「どうして諦めるの？　レーネ」

そんなの、諦めるしかないから。

……本当に？

「諦めるしかないって言うなら、どうして私に期待させてしまったのかしらね」

「セスカ……」

「謝るべきなのかしら。でも私、諦められない」

「……何を？」

「お人好しで、全部救っちゃいそうな、そんな方法を探して、夢物語を本気で叶《かな》えようとしてる貴方を」

セスカが、真《ま》っ直《す》ぐ私を見つめていた。

掠《かす》れた声が漏れそうになる。一歩下がって、そのまま逃げ出したくなってしまう。

「慣れないけど、やってやろうじゃない。絶対に諦めないって、自分の願いを叶えるんだって必死に藻掻《もが》いてやるわ。貴方が私に挑み続けたように」

それは、紛れもなく私の在り方だった。

あぁ、なんて皮肉なんだろう。

ずっと諦めたように、生きていたセスカ。

そんな彼女が、私を絶対に諦めないと宣言している。

じゃあ、今の私はかつてのセスカと同じなのかな？

私は、本当に諦めたいのかな？

本当にこのままでいいのかな？

——だって、仕方ないから。

どう考えても、最後にはそこに行き着いてしまう。

仕方ないから。だから諦めよう。

私はそこから抜け出せないでいる。

どうしていいのかもわからず、どうすることも出来ないまま。

これがセスカの感じていた苦しみだと言うのなら、今までの私はなんて厚かましかったんだろう。少し反吐《へど》が出そうになってしまう。

「はは……」

それでも、思わず笑ってしまった。

自分でも笑えるなんて思っていなかった。なのに笑ってしまっている。

じわりと涙が滲む。笑ったことをキッカケにして、私は気付いてしまったんだ。

「……セスカ」

「なに？」

「貴方は、今も私に期待してくれてるの？」

私の問いかけに、セスカはいつものような不敵な笑みを浮かべてみせた。

「期待してないなら、ここまでしない」

「……そっか」

——あぁ、それはなんて得難《えがた》い幸せなのだろう。

諦めるしかないと思い続けた中で、差し込んだ光のように差し出された救いの手。

こんな思いをこうまで、私はセスカに感じさせてあげられたのだろうか。

だとしたら、それはなんて誇らしいことなのだろう。

噛み締めるように確かめてから、私は深く息を吐き出した。

「本当に、笑えるぐらい今までと立場が逆だね」

「ええ」

「……私、さ。ちょっと今までの自分を省みるべきだったと思う」

「奇遇ね、私もよ」

「でも、案外それはそれで悪くなかったんだなって思ってる」

「当然でしょ。腐れ縁になるぐらいに切ろうとしても切れない縁なんだから」

「本当に」

セスカが諦めようとしても、私が諦めさせなかった。

そして私が諦めようとして、セスカが立ち塞がっている。

どちらが正しかったのか、何度も巡るように確かめる機会が訪れる。

あぁ、これは間違いなく腐れ縁だ。どんなことになっても切れない私たちの絆《きずな》だ。

「セスカ。確かめてもいいかな……？」

「一応、聞いてあげる。何を？」

「この世界を、諦めてしまってもいいのかどうかを」

「はっ」

私の問いに嘲笑《あざわら》うように、でもようやく調子が出てきたというようにセスカが笑う。

「それは私のセリフでしょ。いい加減、その役を返しなさいよ」

「役って、言い方が酷《ひど》い」

「人でなしで薄情なのは私でいいの。レーネは呆《あき》れるぐらいバカみたいに夢を見て、その夢を叶えるために生きてるくらいで丁度良いの」

「……いいのかな」

私が諦めないことで、巫子《みこ》の在り方が壊れてしまう。この都市で幸せを感じていた人は私を許さないかもしれない。

それでも皆を幸せにしたいと夢を見ることは、通していいワガママなんだろうか。

私にはわからない。だから、確かめたい。他でもない貴方《あなた》と一緒に。

そんな私に対して、セスカは槍《やり》を突きつけるように構えながら告げた。

「なら私が証明してあげる。他でもない、貴方に証明された私が。今の貴方が間違ってるって証明してあげる。私たちらしいやり方でね」

「……それ、諦めない方が勝ちってことじゃん」

「でも、私たちらしいでしょ？」

「そうなのかな？　そうなのかもね……」

「でも、この一回だけ。私が勝ったら、私に勝つまでのレーネが正しかった。今の貴方は間違ってるから、さっさと巫子であることを止める。私が負けたら、貴方の諦めた今が正しいものだって受け入れてあげる。私が間違ってたということも一緒に認めてね。それから考えましょう？　本当に全てを救う方法がないのかどうか確かめるために」

「……手は抜かないよ」

「私、手を抜いたことはないわよ。だから手を抜いた瞬間、酷い目に遭わせてあげる。私はいつだってレーネと真剣に向き合ってきたんだから。手加減なんて考えた瞬間、私は絶対に貴方を許しはしない」

——貴方だって、私を許さないでしょ？

言葉にせずとも、そう問いかけられているようだった。

確かに、セスカに手を抜かれて勝ちを譲られたら納得なんて出来ないと思う。

幾ら切れないと思っていた腐れ縁でも、それだけは受け入れられないかもしれない。

あぁ、期待しそうになる。こんな気持ちを、私はずっとセスカに抱かせていたのだろうか。それを……巫子になったことで裏切ってしまったのだろうか。

それでも向き合おうと、諦めないでいいのだと言ってくれるセスカが目の前にいる。

もう一度、確かめても良いと言うのなら、どんな結果であっても私には十分だ。

だから、私に出来ることは今の私の全力を出すこと。それが出来なければ私はセスカの思いを受け止める資格すら無くしてしまうから。

「セスカ」

「レーネ」

名前を呼んで見つめ合う。

そして、それ以上の言葉も要らなかった。

私たちは武器を構えて、互いに向け合う。

そして、合図もなく同時に駆け出した。

私の双剣とセスカの槍が噛み合うようにぶつかり、甲高い音を空洞に響かせる。

全身に纏《まと》った鱗《うろこ》を逆立て、加速のためだけに費やす。

今の私の逆鱗《げきりん》形態は巫子の選定の時の速度を遥《はる》かに凌《しの》いでいる。

その速度と連撃に耐えきれず、セスカが体勢を崩して後退《あとずさ》る。

後ろに下がることは許さないと、私も一歩踏み出そうとした時だった。

セスカは後ろへと飛びながらも身を捻《ひね》るように構えていた。

「――ッ！」

息を呑《の》んだ瞬間、セスカの牙が私へと向かって放たれた。

それを掠《かす》るギリギリで回避し、そのまま回転するように勢いをつけてセスカとの距離を詰める。

そのままセスカを斬り付けようとするも、私の接近を拒むようにセスカが槍を繰り出した。再び、互いに武器を合わせて甲高い音が鳴り響く。

速く、速く、速く、ただ速く。そう思いながら加速していくのに、セスカは反応してくる。今の私は、かつての私よりも間違いなく強くなっている筈《はず》なのに。

今だってセスカからの攻撃を簡単に受け止められる。本当に勝てるのだろうかと思っていたことが遠い過去だったように、今のセスカの槍は簡単に弾《はじ》き飛《と》ばせてしまう。

その筈なのに、セスカを崩すのは簡単なことではなかった。

だからこそ、今までの彼女との違いに気付くことが出来た。

「この……！　インチキ女……‼」

「言うにこと欠いて出てきた罵倒がそれなのかしら？」

――〝鱗〟だ。

セスカの動きが以前よりも最適化されている。いや、今この瞬間にも変化しているとしか思えない。

それは私が死に物狂いで習得した筈の鱗の活用方法だった。

「手本は嫌ってぐらいに見せられたからね！」

身体能力を向上させるために鱗を活用する。けれど私のように逆鱗として使っている訳ではないようだ。

だから私と違って、その鱗はそのまま防御に使える。多少のゴリ押しだって出来るからこそ、さっきの無茶な姿勢から牙を放つことが出来た訳だ。

これではセスカに牙を使わせないために手数を増やしても駄目だ。下手に攻撃しても止まらず、流れるようにして牙を撃ってくる。

これをインチキだと言わずして、何をインチキと言えばいいのか！

「セスカ、鱗なんてほとんど使ってなかったでしょ！」

「使う必要がなかっただけで、使えないとは言ってないけれど？」

「インチキ！　見ただけで真似《まね》される私の身にもなれ！」

「使えるものは何でも使わないと、ねぇ！」

セスカは体勢が崩れる前に、私を弾くようにして後ろに下がった。

退《ひ》き際がいやらしいくらいに的確で、憎たらしさすら感じる程だった。

でも、これがセスカだ。圧倒的な才能に恵まれていて、一を知れば十を身につけてしまうような人だ。

「だけど、足りないよ」

「チィッ……！」

また体勢が崩れ、距離を取ろうとするセスカ。

彼女が逃げ切る前に蹴りを叩《たた》き込む。勢いを押し殺しきれず地を転がるセスカ。

土埃《つちぼこり》で顔や服を汚しながらも、セスカの戦意は衰えていない。すぐに体勢を立て直して槍を構える。

「鱗の扱いが上手になったところで、それで何？　結局、自慢の牙も届かなければ意味がないんだよ。力も私の方が無尽蔵。勝ち目なんかないんだよ？」

「……そうね」

「……否定はしないんだね」

「それが今の私と貴方の差だってわかるもの。で、それが？」

「無駄な足掻《あが》きだって、言ってるんだよ！」

今度は私から攻めに転じる。

セスカが私を迎撃しようと槍を振るうけれど、私は強引に滑り込むようにしてセスカの懐《ふところ》に入る。

セスカが目を見開く中、彼女の鳩尾《みぞおち》に向けて思いっきり剣の柄《つか》を叩き込んだ。

「が、はァッ⁉」

今度は完全に勢いを殺せずにセスカが無様に地面を転がっていく。

ぐったりと地面に倒れたセスカ、それでも彼女は咳《せ》き込みながらも起き上がった。

「ごほっ、ごほっ……無駄な足掻き、ね。私もずっと長い間、そう思ってたわ。何度も私に土を付けられながらも、それでも諦めないなんてバカね、って思ってた」

「……バカだったね。もっと早く諦めてればこんなことになっていなかったかも」

「でも、諦めてたら私はここで立てなかった。こんなにも死に物狂いになってなかった。レーネは……今の私が愚かに見える？」

「……見えるよ」

「本当に？」

「本当だよ」

「なら、私を見損なった？」

その問いかけに、私は強く唇を噛《か》みながら首を左右に振った。

愚かなんてとてもじゃないけど言えない。それがかつて、私がセスカに見せていた姿だと言うのなら尚更《なおさら》だ。

「認めざるを得ないわよね。見損なわれるべきは何もかも諦めてた私だった。レーネこそが本当に強い人なんだって思ったわ」

「……そうなんだ。ちょっと照れちゃうな」

「だから負けられないのよ。今、私がここで諦めてしまったら私は貴方の強さを否定してしまう。貴方が貴方らしくある価値をなかったことにしてしまう」

「今の私の方が……ずっと、強いよ」

「巫子の力が、ね。ただそれだけよ。それだけの話なのよ、レーネ」

「それだけって……」

「力が全てじゃない、力だけでは何も変えられない。力だけあっても、それだけだったらただ壊すことしか出来ない」

「そんなことないよ。私が巫子になることで、この都市を守ることが出来るんだから」

「それは、今を守るために未来を壊してるのと同じよ」

「……それを言うなら、セスカは未来のために今を壊していいと思うの？」

「――思うわ」

はっきりと強く、セスカは言い切った。

その強さに私は息を止めてしまった。彼女から視線を外せなくなって息が苦しくなる。

「妥協して多くの命を守るよりも、何も諦めずに全てを守り抜く方が大変で難しい。貴方《あなた》はどんな理不尽な困難であっても諦めないことを選べた筈の人だった。仕方ないって口にして、諦めて未来から目を背けようとしてる。そんなの我慢がならない」

「今を守ることだって、未来に繋《つな》がるよ……」

「今しかない未来なんて私は望まない。昨日と同じ今日じゃなくて、違う明日が欲しい」

槍の先が震える程に強く握り締めながらセスカは告げる。

「貴方が生きている世界が、私の世界を彩《いろど》ってくれた。ずっとつまらなかった世界に期待しても良いことがあるんだって教えてくれた。この宝物みたいに綺麗《きれい》な願いは、レーネにだって否定はさせない。貴方がどれだけ自分がここまでだと言っても」

「……だって、仕方ないんだよ！」

「巫子《みこ》の在り方が、唯一絶対じゃない。私は、それを証明してみせる」

んて──ないッ！」

「もっと良《い》い方法があるって、可能性はあるんだって信じる。だから、私が諦める理由な

「セスカ！」

セスカが強く踏み込んで私に迫る。

心の痛みを振り払うようにして、私はセスカの振るった槍《やり》を打ち払う。

先程の鳩尾の一撃が効いているのか、セスカの動きが鈍い。

鈍い筈なのに、どうしてかまた捉えられなくなってしまった。

なんで、と自分への苛立《いらだ》ちが湧いてくる。

別に侮《あなど》っている訳ではない。今こうして向き合っている間にもセスカは強くなっているようにさえ思える。

私の方が強くなった筈なのに。それなのに、どうして胸のざわめきが収まらないのか。

まさか、と思う。ここまで来て、私は──セスカを恐れているのだろうか。

「──もう、諦めてよ‼」

一方的に突きつけるように私はセスカへと一撃を叩き込もうとする。

しかし次の瞬間、私は驚きに目を見開く。

セスカが私の一撃を受け流して、そのまますると後ろへと抜けたのだ。

私の背後にあるのは――守護竜様の泉。

セスカは猛然と泉に向かって全力で駆け出した。

それを見た瞬間、一気に悪寒《おかん》が全身を駆け巡り、私は必死の形相で叫んだ。

「させるかぁッ！」

私も即座に反転してセスカを追う。セスカは手を伸ばして泉に触れようとする。

セスカの手が水面に触れ、そのまま泉に沈もうとする。そこを追い付いた私がセスカの脇腹を蹴り上げることで防ぐ。

足に嫌な感触が伝わり、何かが折れるような音が聞こえた気がした。

「――がはっ⁉　げほ……っ、げほ……っ……ぁ……っ」

泉の水上を滑るようにセスカの身体《からだ》が宙を舞い、そのまま壁へと叩き付けられた。

今の一撃で内臓を痛めたのか、セスカが血を吐いてその場にくずおれる。

危なかった。もし、少しでもセスカに泉の力を得られていたらどうなっていたかわからない。幾らセスカでも簡単に守護竜様の力を使いこなせるとは思えないけれど、万が一でも可能性がある。

（でも、これで……）

さっきの一撃で、セスカが深い傷を負ったのは間違いない。

これでもっとセスカの動きは鈍る筈《はず》。それなら私の勝ちは揺らぐことはない。

なら、後はどうやってセスカを諦めさせるかだ。

……そう、思っていた。

「……成る程、ね」

呼吸を落ち着かせたセスカが、僅かに泉に浸《つ》からせていた手を強く握り締める。

「本当に……巫子なんて碌《ろく》でもないわね」

「……セスカ？」

「こんなただの力でしかないものをありがたがって、巫子なんて名前の生贄《いけにえ》を用意し続けたの？　本当に……反吐《へど》が出る」

怒りを滲《にじ》ませた声でセスカは呟《つぶや》いていた。

あばらを砕いた筈なのに、それでも起き上がって私を睨《にら》むように見た。

「ちょっと触れただけでもわかるわよ。ここに残ってるのは力だけよ。意思なんて何一つ残っていない。だったら、ちょっと願うだけでその在り方は変えられる筈なのよ。それなのに変えちゃいけないなんて思い込まされてるのはなんで？」

「思い込まされてる……？」

「簡単なことよ。この都市そのものを人質に取られてるようなものだからでしょ」

そう告げるセスカの瞳は、まるで炎が揺らめくような光を宿していた。

まるで意思そのものを燃やしているかのようだ。あまりにも強い瞳に私は目を逸《そ》らしてしまいたくなる。

人質というのは否定出来ないから、何も言い返せない。私が巫子であることを止《や》めてしまったら竜都の人たちは行き場を失ってしまうから。

「やっぱり、こんなのは間違ってる」

「セスカ……」

「誰も傷つけたくないって言うレーネの気持ちはわかる。でもね、時には傷つけてでも前に進まなきゃいけない時がある。──今、私は誰よりもそう思ってるわ」

そう言って、セスカが懐から取り出したものを見て──私は絶句した。

それは、白い何かを削って作り上げられたような小刀。

私が絶句したのは、その白い小刀から守護竜様の力を感じ取ってしまったからだ。

「セスカ、それは……」

「ジョゼットから預かった、ファルナ家の切り札よ。効果はルルナの保証付きのね」

「それは、ダメだよ」

それが何なのか、私は見た瞬間に理解してしまった。

あれは守護竜様の欠片《かけら》──恐らく牙であったもの。

どうしてセスカがあんな物を持っていることに、今まで気付かなかったのだろう。

「それは使っちゃダメだ！」

「これだって、ただの力でしょ」

「それはダメなんだよ、それは泉よりももっと濃くて危ない！」

そうだ、亡骸《なきがら》から滴《したた》り落《お》ちた泉とは濃度が違い過ぎる。

そんなものを身体に取り入れてしまったら何が起きるのか、そんなの想像するのだって恐ろしい。

最初に守護竜様の力を身に纏《まと》った時に味わった激痛を思い出して、私は顔を蒼白《そうはく》にさせてしまった。

「泉も大概だって、ちょっと触れただけでもよくわかったわ。だからもう躊躇《ためら》う理由なんかない。ここにあるものが全部ただの力でしかないってわかったから」

「セスカ、やめてッ！」

私は懇願するようにセスカに叫ぶけれど、セスカは静かに首を左右に振った。

「レーネ、もう守護竜様も巫子様もいないのよ。私たちを守ってくれていた神様はもういないんだ」

「でも、でもまだ私がいる！　私が頑張るから！」

「この都市は巫子を生贄に捧《ささ》げて生き存《なが》らえてきた！　それが私たち、竜都ルドベキアの民が重ねた罪よ！　ただここにいるだけで罪を背負わせられて、自由を選ぶことも許されない！　そんなの鳥籠の鳥と何が違うの？　そんな在り方を受け入れて、一体何が救えて、何が変えられるというの⁉」

私の訴えも届かない。セスカは守護竜様の牙を強く握り締めながら叫んだ。

「それなら、こんなどうしようもない仕組みなんて壊してやるわよ！　力はただの力！　その力で何を選ぶのか決めるのは私たちの意志でしょう⁉」

「セスカ！」

「レーネは本当にこの都市を維持することが幸せだと思ってるの？　考えもしなかったの？　この力があれば、外の世界に可能性を探しにいくことだって出来るんだって！」

「そんなの……セスカは外の世界を知らないから！」

「守護竜様は神様なんかじゃなかった！　神ならぬ者が世界の全てを本当に知っているかなんてわからないでしょうが！」

「ッ、それは……」

「――都市を維持することに拘《こだわ》らなくても、私たちが知らない世界の向こうには皆で幸せになれる可能性があるかもしれない。それで十分でしょ、この命をかける理由なんて！
レーネを諦めなくていい理由なんて‼」

――叩《たた》き付けられるように叫ばれた意思に、ふらりと私の身体が揺れた。
止めることも出来ないまま、セスカが守護竜様の牙を掌《てのひら》に突き刺すのを見てしまう。
牙がその形を失い、セスカの体内へと溶け込むかのように消えていく。
ふわり、とセスカの髪が浮力を得たように持ち上がった。空気が震える程の力の奔流が空洞へと吹き荒れる。
力が高まっていくにつれて、セスカの顔が苦痛に歪《ゆが》んでいく。

「ッ、ァ、痛い、じゃないのよ……ッ」

「セ、セスカ！」

「こんな痛みを背負わされて、ずっと憧れてた夢も望みも捨てさせられて、そんなの許せる訳ない……！」

セスカは僅かに身体を揺らせた後、歯を軋《きし》ませる程に噛《か》み締《し》める。痛みを堪《こら》えるように、けれど屈することはないと言うように。

そして力が落ち着くのも待たずに、セスカは槍を構えて私を睨んだ。

「構えてよ、レーネ……！　どっちかが諦めて、どっちを認めるか！　そうやってぶつかって全部決めてきたでしょ！　真っ向から全てをぶつけて、晒《さら》してみせて！　そうやって貴方《あなた》は、皆の笑顔を見てきたんでしょうが！」

痛みのためか、それとも感情が昂《たか》ぶっているせいなのか、セスカの目から涙が零《こぼ》れていく。その雫《しずく》が力の奔流に乗って、宙に消えていく。

「貴方は力でねじ伏せてきた訳じゃない！　思いを通すための力で！　何を思っているか知ろうとして！　それでわかり合おうとしてきたじゃない！　わかって欲しいって、一緒に行こうって、ずっとそうしてきたじゃない！　力の大きさと責任の重さが変わったからって、それは変えなきゃいけなかったことなの⁉」

「……あ」

「一人で走れないなら、迷ってしまうなら、何度だって手を引いてみせる！　貴方だけに全部背負わせるつもりで、私はレーネの夢を応援してきた訳じゃない！　レーネを一人にするために、貴方の理想に夢を見た訳じゃない！」

叫んで、大きく息を吸って、そしてセスカは——儚《はかな》げに微笑《ほほえ》んだ。
「——だって、貴方の夢はもう私の夢になってたんだから」

……あぁ、そうだったんだ。
セスカの言葉を受けて、私は自然と双剣を構え直す。
セスカも一歩を踏み出して迫ってくる。
それを半ば反射で防ぐ。その速度や力の強さは先程と比べものにならない。
どこか意識がはっきりしないまま、それでも私の身体は動く。
セスカの動きに合わせて、何度も剣と槍《やり》を交差させる。
何度か繰り返している内に意識がはっきりしていく。
その度に視界が涙で滲んでいきそうになる。
どんなに強くなっても、どんなに力の差が出来ても。
それでも埋め合って、高め合って、私たちは互いの存在を確かめ合う。
これまでずっと、そうしてきたから。
だから、誰よりもお互いの存在をはっきりと感じ取ることが出来る。

「う、うぁ、うぁああああああああああ――ッ!!」

叫んだ。腹の底から、魂すらも震わせる程の勢いで。

負けたくない。セスカにだけは負けたくない。彼女に呆《あき》れられたくなかったから。

つまらないなんて言わせたくなかった。冷めた目で世界を見て欲しくなかった。

最初は同情だったのかもしれない。或《ある》いは怖かっただけかもしれない。

私の見ている世界が、実は幸せなものではないのかもしれないなんて、そう思いたくなかったから。

だから私を見て欲しかった。きっと貴方が笑顔になれるようなものが見つかるって。

そう教えたかった。その願いが、叶《かな》っていた筈なのに――。

「そんなに間違えてる⁉」

訴えるように叫ぶ。

「皆を守りたくて、助けたくて！」

涙を止めることも出来ないまま。

「夢を諦めることしか、もう思い付かなくて！」

それでも身体《からだ》の内側から溢《あふ》れ出《だ》す力を荒れ狂わせて。

「叶うかもわからない夢を、希望を持ち続けるのも苦しいのにっ！」

胸の中に巣くっていた絶望と諦観を吐き出した。

「それでもまだ頑張らないといけないの⁉」

「義務じゃない」

セスカが、応えてくれる。

力も、感情も、何もかも真っ向から受け止めてくれる。

「レーネの望みは、義務から生まれたのじゃないでしょ」

「義務、じゃない」

「ただの純粋な願いだったでしょ。貴方が心の底から憧れた願い。それでいいのよ！」

ふっ、と。セスカが笑みを浮かべながら言った。

「――いいじゃない。無理かもしれないなんて、そんな夢を叶えるのは得意でしょ？」

……あぁ。

荒れ狂う力が研ぎ澄まされていく。迷子になっていた感情が纏《まと》まっていく。

私たちの応酬は止まらない。その中で研ぎ澄まされて、鮮明になっていく。

灰色だった世界に鮮明な色がついていくように、まるで光を思わせるようだった。

「──ちぇっ……折角、勝ったと思ったのになぁ」

セスカが構えを取っていた。私がいつだって憧れた姿だった。
そんな力があれば、私だって。そう思い続けてきた。
その姿を乗り越えて確かに手にしていたものがあった筈《はず》なのに。

「──レーネェエエエッ‼」

届けと言わんばかりにセスカの咆哮《ほうこう》と共に放たれた牙。それが私の視界を白く染めた。
衝撃が走り、私の身体が宙に浮く。
ようやく戻った私の視界に映ったのは、回転しながら私の手を離れていく双剣。
そして背中から落ちて、衝撃が全身に走る。
目が覚めてしまいそうな程の痛みが背中に走る。
もう起き上がれそうもないのに、私は笑ってしまった。
涙が止まらない。堰《せ》き止《と》めていた栓が壊れてしまったかのようだ。

そんな私に歩み寄り、見下ろすように見つめるセスカ。

そのままゆっくりと膝をついて、私に手を伸ばした。

頬に触れた手が妙な程に熱くて、それなのに心地好《ここちよ》い。

「……目は覚めたかしら？　レーネ」

「……はは、悪い夢でも見てたみたい、かな」

「とびっきりの悪夢ね。本当に、ええ……私にとっても、最悪な悪夢だったわ」

「………セスカ、あの、ごめ──」

「謝らないで」

セスカの指が唇を閉ざさせるように触れてくる。

そのまま私の頬に手を添えて、セスカは微笑みかけてくれた。

「貴方の面倒を見るのは慣れてるから。当たり前のことで謝らないで。どうしても謝りたいって言うなら、お礼を言われた方がまだマシよ」

「……セスカ」

「貴方ぐらいよ、ここまでしたいって思うのは。だから──感謝しなさい」

満ち足りた笑みを浮かべて、セスカは穏やかに語りかけてくれた。

それは今まで見て来たセスカの表情の中で、とびっきりの良《い》い笑顔だった。

セスカをそんな笑顔にしてあげられるのが、他でもない私だった。

その事実が心の中にじわりと広がっていく。

あぁ、私はいつだって気付くのが遅い。

「……私の夢を一番に見てくれてたのは貴方だったんだ、セスカ」

セスカが泣きそうになってまで止めようとした時に気付くべきだった。間違っているのは私だったんだ。

私は諦めることを選ぶのではなくて、無謀でも皆で助かる道を探すべきだった。それが私の望みだった筈なのに、背負わされた命の重さに怖《お》じ気《け》づいてしまったんだ。

「確かに……こんなの一人で背負うべきじゃないね」

もし許されるなら、皆で助かる道を探したい。

苦労をかけてしまうかもしれない。望んだような希望が得られるかもわからない。

それでも誰かを犠牲にするなんて嫌なのだと抗《あらが》うべきだったんだ。

巫子《みこ》になって、仕えるべき守護竜様はもういなくて、並び立つ人もいないのだって思い込んで、一人で全部背負ったつもりになってしまった。

「……セスカ」

「なに？　レーネ」

「……私、頑張りたい。だけど、一人じゃやっぱりまだセスカに勝てない。だから一緒にまた手伝ってくれる？」

「たった一回勝っただけで全部上回ったと思われるのも癪《しゃく》に障《さわ》るわね。まぁ、それも仕方ないわね」

セスカは、穏やかにそう微笑んで——。

「——実際、本当に、私なんてこの様だもの」

——セスカの口《くち》の端から、血が零れた。

ゆっくりと、私に覆《おお》い被《かぶ》さるようにしてセスカはくずおれた。

「……セスカ？」

呆然《ぼうぜん》としながらセスカの身体を抱き締めて、私は一気に血の気が引いた。

彼女の身の内にある守護竜様の力が荒れ狂っていて、セスカの身体を蝕《むしば》んでいる。

セスカの命が瞬《また》く間《ま》に削られていく。このまま放置したらセスカが死んでしまう。

……死ぬ？　セスカが、死ぬ？

「セ、セスカ！　ダメだよ、しっかりして！」

「……付け焼き刃じゃ、やっぱり厳しかったかしらね。これよりもマシとはいえ、巫子として力の受け皿になれてるレーネは、やっぱり私なんかより凄《すご》いわね……」

「バカ！　バカ、バカ、バカ！」

感情のままに叫んで、私はセスカの身体を揺さぶってしまう。

「なんで諦めたようなことを言ってるの、意識を保って力を落ち着かせて、どうにかして、じゃないとっ！」

私はセスカごと自分の身体を起こして、セスカの状態を確認する。

セスカの身体に満ちた守護竜様の力は過負荷を起こしていて、内側から壊死《えし》していっているかのようだった。

セスカの状態を理解する度に、どんどんと血の気が引いてしまう。

「セスカ！　やだ……やだよ！　一人にしないって、一人はダメだって気付かせたのに！どうしてセスカが死んじゃうの⁉　私を一人にするつもりなの⁉」

取り乱す私に、セスカはだんだんと意識が朦朧《もうろう》としていっているのか、ぼんやりとした目で私を見つめ返した。

「そんなつもりはなかったわよ……自分を犠牲にしてまで、なんて寒気がする。でも、こうでもしないと説得出来なかったんだから……仕方なかったのよ……」

「そんな……！」

「……言ったでしょ？　レーネの夢はもう私の夢になってたんだって。だから、レーネが夢を取り戻してくれたら……私は、それで……」

「私が良くない！　私は、だって、私は……！」

こうしている間にもセスカの命は削られていく。

何も出来ず、見ていることしか出来ないの？

私が迷って、間違ってしまったせいで。

（嫌だ……！　そんなの絶対に嫌だ！）

セスカを死なせたくない。でも、どうすれば良い？

（諦めるな……絶対に諦めたくないっ！）

思考を止《や》めない。状況を把握し続ける。死の実感が迫っていても、絶望なんかしている暇なんてないのだから。

（セスカの身体を傷つけてるのは守護竜様の力が濃すぎるから。それをセスカが制御しきれてない。じゃあ、力を制御して薄めることが出来れば……！）

セスカの症状は、草花に水をやりすぎて根腐れを起こしているようなものだ。

なら、その根腐れを起こす原因である力が薄まってしまえば良い。

「セスカ！　セスカ、目を閉じちゃダメ！　意識を保って！」

「……」

「セスカッ！」

でも、意識を失いそうなセスカには力を制御することが出来ない。

セスカ本人に出来ないのだったら、代わりに誰かがやるしかない。

──でも、どうやって？

（私が外部からセスカのオーラと同調させて操作する？　そんなことが出来る？　そもそも私のオーラもそのままだったら今のセスカには強すぎる……！）

仮に同調させることが出来ても、セスカの身体《からだ》で荒れ狂う力をどうにか出来るかと聞かれれば自信がない。

私の力だって十分過ぎる程に濃いのだから、結果的にセスカの自壊を食い止められないかもしれない。

（セスカの力をもっと落ち着かせて、力そのものを拡散させながら制御することが出来ればセスカを助けられる？　間接的に制御するのは出来たとして、拡散させるにはどうしたら良い？　牙でオーラをそのまま吐き出す？　いや、ダメだ！　セスカの身体が反動に耐えられないかもしれない。何かもっと別の方法を……！）

私はハッとして顔を上げた。私の側《そば》には、守護竜様の力が満ちた泉がある。

ただ飛び込めば、守護竜様の力を浴びてしまうだけだ。

でも、この泉はここを中心として都市全体に影響を及ぼしている。

その力を上手《うま》く活用出来れば、セスカの中にある力を拡散させて抑え込みながら、ついでにセスカの傷ついた身体も治せるかもしれない。

「……やるしかないんでしょ。それをやるしか道がないなら！」

いつだってそうだった。私はセスカのような天才ではない。だから必死に積み重ねてきた努力でどうにかするしかない。

力の制御はずっと磨いてきた。セスカという壁を越えるために、巫子になって皆の笑顔を守るために。今ここで出来なかったら、何のための努力だったんだ！

「私は、もう何も諦めたくないッ！」

セスカを抱きかかえて、私はそのまま泉の中心へと飛び込んだ。

セスカの身体を抱き締めたまま、水中へと沈んでいく。泉に溜《た》まった力が私たちに染《し》みこもうとするように迫ってくる。

その泉の力を、全て私に集約させていく。力の流れの中にセスカをも巻き込んで、自分が望むままに力を制御しようとする。

（セスカ……！）

抱き締めているだけではまだ遠い。セスカを力の流れの中に巻き込めない。

だから、もっとセスカとの接触を強めなければいけない。

（ごめん、セスカ！）

意を決して私はセスカの頬に手を添えて、彼女の唇を奪うように口付けをした。

息を吹き込むように、彼女の息を吸うように。

互いの呼吸を重ねて、もっと深く繋《つな》がろうとするように。

（私を一人にしないでよ！　私はずっとセスカに、私と同じ幸せを感じて欲しかったんだから――ッ！）

祈るように強く願う。

私へ集まっていく力は、下手をすればそのまま内部から弾《はじ》け飛んでしまいそうだった。

その力にそのまま流されてしまわないように意識を必死に保つ。

必死になっている間に私は目を閉じていたようだった。すると、閉じた瞼《まぶた》の裏に強い光を感じた。

(何……⁉)

光を認識した瞬間、私の意識はどこかに引《ひ》き摺《ず》り込まれるように吸い寄せられた。

ぐるぐる、世界が回る。目を回しそうな乱流の終着点は見覚えのない景色だった。

――そこには巫子の装束を纏《まと》った赤髪の少女と、白色の大きく美しい竜がいた。

(この人は……この竜は、もしかして――ッ⁉)

赤髪の少女は私に気付いたように視線を向けて、ゆっくりと微笑《ほほえ》んだ。

それからぱくぱくと口を動かしたけれど、何も声が聞こえない。

苦悶《くもん》に顔を歪《ゆが》ませながら耳を澄ましてみるも、まったくの無音だった。

それに気付いたのかどうか、少女は私から視線を外して白い竜へと目を向けた。

白い竜は私へ視線を向けた後、まるで微笑むかのように目を細めて赤髪の少女へと顔を寄せ、距離を詰める。

赤髪の少女と白い竜が口付けを交わす。その瞬間、少女の存在感が更に増して竜と一体化しているようにさえ見えた。

その感覚を私は必死に覚えようとした。

私がこの光景を見たのには、何かの意思が働いている。

何かを伝えるために、この光景を見せようとしている。

だから、私はこの光景を目に焼き付ける。絶対に忘れてしまわないように。

やがて光が遠ざかっていく。口付けを終えた少女と竜がまた私へと視線を向けた。

そして、少女がゆっくりと唇を動かした。音が聞こえずとも、その言葉を届かせようとするように。


『いきて』


私は、彼女がそう言っているように思えた。

そう思った瞬間、少女に白い竜が寄り添いながら、頷《うなず》くかのように首を動かした。

それが正しいのだと、そう言っているかのようだった。

「ルドベキア様——ッ！」

それが、きっと白い竜の、あの御方の名前だ。
既に朽ちてしまい、力しか残っていない私たちの守護竜様。
垣間見《かいまみ》えたこの光景は、まるで私に何か伝えたいことがあったように。
いきて。生きて。生きて欲しい、と。それが正しいと言うのなら。

「——ありがとうッ！　ありがとうございましたッ‼」

死して尚《なお》、この一瞬の邂逅《かいこう》だけでも、それでも私たちを案じてくれた。
それが真実なのかはわからない。これは苦しさのあまりに見た幻なのかもしれない。
それでも良《い》い、それでも構わなかった。死しても尚、意思は残されていたのだから。
それを受け継ぐ人がいるのなら、その志が死ぬまでは誰かの中で生き続ける。
守護竜様はずっと私たちの中で生きていてくれたのだ。
私の夢見た願いは、完全に潰《つい》えていた訳ではなかった。だからこそ強く思う。
——生きなきゃ。たとえ、この世界がどこまで残酷だったとしても。

白い竜――ルドベキア様は何も応えるような素振りは見せなかった。

ただジッと、私を見つめてくれていた。

もしかしたら、これからもずっとそうしてくれるのかもしれない。

垣間見えた光景が遠ざかっていく。再び荒れ狂う力の流れに溺れてしまいそうになりながらも、私は必死に意識を繋いで力を制御しようとする。

願うものがあり、支えてくれる人がいて、託された祈りがある。これだけの物を貰《もら》っておいて、何も出来ませんでしたなんて言えない。


(生きるんだ、私たちは！　これからも――！)


そして荒れ狂う奔流の中で垣間見えた景色は完全に遠ざかり、私の意識も暗い闇の底に引き摺り込まれていく。それでも決して、手にした温《ぬく》もりを離さないように。

そして、どこか遠くで何かが崩れた音が聞こえたような気がした。その音を最後に私の意識は手放されてしまうのだった。

第十章　旅立ちの歌

「……ネ……レー……レーネ……！　レーネ‼」

遠くから、誰かが呼ぶ声が聞こえてきた。

薄らと目を開けると、必死な形相で私を覗き込んでいるジョゼットが見えた。

「……ジョゼット？」

「レーネ！　無事ね⁉　意識はハッキリしてる⁉」

「私は……」

なんとか身を起こそうとすると、私の片手が何かを握っているのに気付いた。

視線を向ければ、私と同じように横たわっていたセスカが目に入る。

私が握っていたのは彼女の手だった。私は慌てて起き上がって、セスカを覗《のぞ》き込む。

「ッ、セスカ……！」

「はーい、動かないでね？　レーネちゃん。とりあえずはセスカちゃんも無事だから安心して頂戴？」

「ルルナまで……」

セスカの傍《かたわ》らに膝をつきながら私に告げたのはルルナだった。

私は二人の顔を見て、軽く痛む頭を押さえながら記憶を探ろうとする。

「どうしてここに？　私は一体……あれから、どうなって……」

「……まず周りを見渡してみて？」

「周り？」

ルルナに促されて、私は周囲へと視線を向ける。

私が寝かされていたのは空洞の中で、竜石の明かりで照らされているのがわかる。

なら、やっぱりここは私たちが戦っていた場所なのだろうかと思い、更に視線を巡らせて息を呑《の》んでしまった。

「……守護竜様の亡骸《なきがら》が、崩れてる……？」

埋《うず》もれていた岩壁ごと、守護竜様の亡骸が崩れて泉を埋めてしまっていた。

私が意識を失っている間に一体何があったのかさっぱりわからず、私はただ呆然《ぼうぜん》と崩れてしまった亡骸を見つめることしか出来ない。

「何か大きな振動があったと思って駆けつけてみたら、もうこの状態だったわ」

「これでエルガーデン家がここを隠し通して守る意味もなくなってしまったわねぇ」

「えっ」

「亡骸が崩れたことで、守護竜様の力はここではない別の場所へと移されてしまったようなのよ。勿論《もちろん》、残された力がない訳ではないけれど、今までに比べればほんの僅かよ」

ルルナが相変わらずのんびりとした口調で説明するも、私はただ口をパクパクとさせることしか出来なかった。

「力が移されたって、守護竜様の力はどこに？」

「自覚がないの？」

私の疑問に対して、ジョゼットが呆《あき》れたようにジト目を向けながら私を見た。

自覚がないの、と聞かれて私は思わず自分の状態を探る。そして自分の内側にとんでもない程の力が息づいているのを自覚してしまった。

「……移った先って、もしかして私？」

「一体どうやったらこんなことになるのかしらね？　これじゃもう巫子《みこ》というより、新たな守護竜様と言っても良いかもしれないけれど」

「私が……新たな守護竜……？」

「言っておくけれど、だからといって守護竜様そのものになってる訳ではないわよ。あくまで残されていた力の大部分を貴方《あなた》が引き継いだというだけ」

「推測だけど、最盛期程の力がある訳ではないと思うの。あくまでレーネちゃんが扱える上限まで、といったところかしらねぇ」

「それでも今の私と比べてしまえば、もう相手にならないけど」

ジョゼットが皮肉げな笑みを浮かべて、投げ槍《やり》気味に言ってくる。

そんなジョゼットにルルナが肩を竦《すく》めると、真剣な表情を浮かべて私を見た。

「一応言っておくけど、レーネちゃんは力の無駄遣いするのは避けた方が良いと思う」

「なんで？」

「アンタが迂闊《うかつ》に力を枯渇《こかつ》させたら、セスカが死ぬわよ？」

まだ意識が戻っていないセスカを小突くように触れながらジョゼットがそう言う。

私は目を見開き、勢い好くジョゼットへと鋭い視線を向けてしまった。

「どういうこと⁉」

「それは逆に私たちが聞きたいわねぇ」

「セスカの身体《からだ》はボロボロよ。正直言って自然に治るような状態には見えない。でもね、それなのに生きてるのよね……」

「……それって、どういうこと？」

「見てみた方が早いんじゃないの？」

ジョゼットに促されるまま、私はセスカの状態を探るように見る。

セスカは穏やかに呼吸をしているけれど、身体の中に蠢《うごめ》くオーラを探ると彼女の状態がわかってしまう。

傷などは塞がっているように見えるのに、その中身は二人の言うようにボロボロのままだ。そんなボロボロの身体を埋めるようにオーラが染《し》みこんでいるようだ。

「これって……私のオーラ？」

「やっぱりそうよねぇ」

「見ての通りセスカの身体はボロボロなのだけど、レーネの力がセスカの身体を維持しようとしてるのよ」

「だからレーネちゃんの力が途切れてしまうと、セスカちゃんの身体がどうなるかなんて予想も出来ないのよね」

確かにこんな状態は見たことがない。敢《あ》えて喩《たと》えるなら、鱗《うろこ》の型の要領で傷ついた身体を持たせているようにも思える。

「……ずっとこのまま、なんてことはないわよね？」

「それすらもわからないわ。こんな状態、初めて見るもの」

不安になって問いかけるけれど、ジョゼットは難しげな表情で首を左右に振る。

「ここから傷が治るのか、それとも治らないままなのか、オーラを注ぎ続けなければならないのか。それはわからないわ。けれど、迂闊にオーラをなくして取り返しのつかないことになったら、と思うと怖いわね」

「混ざり合ってるようで混ざり合ってる訳でもないものね。セスカちゃん自身のオーラとレーネちゃんのオーラがうまく共存してるような状態かな？」

共存と言われて脳裏に過《よぎ》ったのは、意識を失う前に垣間見た初代巫子と思われる少女と守護竜様と思わしき竜の姿。

口付けを交わし、その存在が一体化していくような光景。あれがただの妄想なんかではなくて、実際に何らかの方法で伝えられたものだったとしたら……。

「……もしかしたら、今のセスカの状態が本来、守護竜様と共存していた時の巫子の状態と同じなんじゃないかな？」

私がぽつりと呟《つぶや》くと、ジョゼットとルルナが驚いたように目を見開いた。

「……確かに。レーネを竜として、レーネのオーラを取り込んで共存させているセスカの状態は巫子が本来あるべき姿だった、と言えるのかもしれないわね」

「つまり、セスカちゃんはレーネちゃんの巫子になったようなもの、ってこと？」

「なんとなくだけれど、そう考えるのがしっくり来るわね」

ジョゼットとルルナはお互い納得したように頷《うなず》き合っている。

あの垣間《かいま》見《み》た光景が何だったのか、今となっては知る術《すべ》はない。私たちの推測が正しいものなのかもわからない。それでも……。

「……どうでもいいことで盛り上がれるなんて、仲の良《い》いことね」

「セスカ！　気が付いたの⁉」

薄らと目を開きながらセスカは億劫《おっくう》な様子で呟きを零《こぼ》した。

私が覗き込むと、セスカは私へと視線を向けてきた。

「……思ってたより、悪くない目覚めね」

「ふん。それだけ憎まれ口を叩《たた》けるなら元気そうね。よくやってくれたわ、セスカ」

「ジョゼットたちがここにいるってことは、エルガーデン家は制圧したのね？」

「ええ。今はファルナ家の人たちに見張って貰ってるわ」

「……そう」

セスカは大きく息を吐き出して、そのままゆっくりと身を起こした。

身を起こした後、気怠《けだる》げに額を押さえてから自分の身体を確かめるように触れる。

「……我ながら、この状態でよく生きてると思うわね」

「大丈夫なの……？」

「大丈夫ではないわね。レーネの力がなくなったら立ってるのも厳しいと思う。不思議な感覚すぎて、なんとなくそんな気がするって話しか出来ないけれど」

「そっか……じゃあ、私が定期的にセスカに力を注がないとダメそう?」

「そうなるかしらね……」

ふぅ、と深く溜《た》め息《いき》を吐《つ》きながらセスカは目元を手で覆った。

私は何を言えば良いのかわからなくなって、黙り込んでしまう。

代わりと言わんばかりに口を開いたのはジョゼットだった。

「二人の状態は私たちでもわからないし、これからどうするのかは二人で決めて貰《もら》うとして、今後の話をしても良いかしら?」

「ええ、構わないわ」

「エルガーデン家を制圧して、守護竜様の亡骸も崩れてしまった。元々、今までのやり方では終わりが見えてしまっていたしね。このまま行けば、遠からず竜都は滅びるわ」

滅びる。ジョゼットがはっきりと告げた言葉に私は目を固く閉じてしまう。覚悟していたことだけれど、改めて言葉にして突きつけられるのは心苦しくなってしまう。

「だからって簡単に滅びを受け入れる訳にはいかない。守護竜様の力が尽きる前に私たちは生き延びる術を探さないといけないわ」

「でも、元々守護竜様の力に頼り切りだったこの都市がそう簡単に解決方法を見つけられるとは思えないの」

　ジョゼットの言葉を補足するようにルルナもいつもの調子で口を開く。

「だからレーネちゃんはこの都市を離れた方が良いと思う。かつての守護竜様程の力はなくても、貴方さえいればなんて考える輩《やから》は絶対に出てくるから」

「そうだろうね……」

「私もそう思う。そこでなんだけど、レーネが受け入れてくれるなら貴方にお願いしたいことがあるの」

「お願い？」

「貴方には竜都の外に出て、都市を存続させる方法がないか探してきて欲しいの」

　ジョゼットは真剣な表情で私にそう言った。それに対して私は複雑な表情を浮かべてしまう。

「ジョゼット……その、外の世界に必ずしも方法があるとは限らないというか……」

「竜都の外が荒廃した世界だということは私も知っているわ。貴方も巫子になったことで外の世界を実際に知覚したと思うのだけど、本当に何もないのかどうかを確かめて欲しいの。貴方に頼むのは、その……気が引けるのだけれど」

ジョゼットは心底、申し訳なさそうな表情を浮かべる。

けれど、首を左右に振って気を取り直して、私を真っ直《ま》ぐ《す》に見つめた。

「正直、レーネがこの都市を見捨てたとしても非難する資格は私にはない。だから、これはあくまでお願い。巫子だけに頼らずともこの都市を生かす方法を探すためにレーネには協力して欲しい」

「私からもお願いするね、レーネちゃん」

「ルルナ……」

「エルガーデン家が貴方に、そして歴代の巫子にしてきた仕打ちは罪深いものよ。私はこれから家が犯してきた罪を償っていかないといけない」

ルルナは神妙な表情を浮かべて、いつもよりずっと真剣な態度で言葉を続ける。

「償いは勿論、レーネちゃんにもしなければならない。だからレーネちゃんがいなくなることで起きる問題は全て私が引き受けるわ。レーネちゃんは何も気にせずに自由にしていい。その上で、出来ればジョゼットちゃんを助けてあげて欲しい。これから都市を担《にな》っていくのはジョゼットちゃんだろうから」

「……わかった。私は二人に対して何も怒ってもいないし、憎んでもいない。こうなってしまったのは誰かの責任じゃなくて、いつかこうなるしかなかったんだ」

それは守護竜様が亡《な》くなってしまった時から決まっていた運命なのかもしれない。

その運命を先送りし続けてきた結果、私たちの代で遂《つい》にその時が来てしまった。

「それに、私は巫子《みこ》になったから。最初は望んだ形じゃなかったけれど、もう一度頑張ろうって思うんだ」

「レーネ……じゃあ」

「うん。外の世界に何かこの都市を存続させられる方法があるのか、もしくはもっと豊かな地がないか確かめてくるよ。……戻れる保証もないけど」

こればかりは私も絶対戻るとは言えない。それは外の世界の有様《ありさま》を知っているから。

外の世界は荒れ果てた大地がどこまでも続いているだけで、もう人が暮らしていける土地がここしか残っていない可能性だってある。

でも、たとえそうであったとしても諦めないと決めたから。だから道標《みちしるべ》のない旅に出る覚悟は出来ている。

「それでも構わないわ。ただ、可能であれば一年で戻って来て欲しいと思うの」

「一年？」

「残された守護竜様の力を私とルルナでやりくりすれば、一年はなんとか今の状態を維持出来ると思うの。巫子の代理のようなものね」

「その間に私たちも協力者を集めて竜都の人たちを説得しておくから。残るにせよ、ここを捨てて新天地に向かうにしても皆の意志を纏《まと》めておかないといけないからね」

「……大丈夫なの？」

「大丈夫にするのが私たちの役割よ。だからそんな顔をしないで」

私は相当情けない顔になっていたと思う。それが自分たちの役割だって言うけれど、これからジョゼットとルルナが担わなきゃいけない責任は重たすぎる。

すると、黙っていたセスカが鼻を鳴らすように息を吐いた。

「相変わらずのお人好《ひとよ》しね。私ならもう見限ってるだろうけどね、こんな都市」

「セスカ……」

「ただ、レーネがそうしたいって言うなら付き合ってあげるわよ。どうせレーネに付いていく以外の選択肢は私にはないしね」

「……ごめんね？」

「なんでそこで謝るのよ。謝るぐらいなら、そのお人好しを直しなさいよ。直す気がないなら付き合ってあげるって言ってるんだから、言うべき言葉が違うでしょ？」

「……えっと、何を言うべきかな？」

「……はぁ」

セスカが機嫌を損ねたように唇を尖《とが》らせてしまった。

それから気恥ずかしそうに髪を掻《か》き混《ま》ぜて、私を真っ直ぐに見つめる。

「レーネは、私に何を望んでくれるの？」

その問いかけに、私は胸がいっぱいになってしまった。

言うのを一瞬躊躇《ためら》って、でも抑えきれないと言うように願いが零れ出てしまう。

「……ずっと、一緒に付いて来て欲しい。迷惑もいっぱいかけるかもしれないんだけれど、それでもセスカと一緒がいい」

「……最初からそう言いなさいよ、バカ」

セスカが私の返事を聞いて、顔を背けてしまった。

そんな私たちの様子にルルナが小さく笑う。

「セスカちゃんは照れ屋さんだね」

「うるさいわよ、ルルナ」

「はいはい」

鬱陶しそうにルルナを睨《にら》み付《つ》けるセスカと、そんなセスカの態度が面白くて仕方ないと言うような笑顔のルルナ。

そんな二人を見て、ジョゼットも肩の力を抜くように溜め息を吐いた。

「レーネ。言っておいてなんだけど、無理なら戻ってこなくても良いから」

「ジョゼット、私は……」

「貴方《あなた》の助けがなくてもこの都市がやっていけるようにするのが私の目標よ。だから私は貴方がいつ帰ってきても、貴方を利用しようとする人たちがいないような都市を目指す。貴方が帰ってきた時、皆がレーネを受け入れられるように」

「でも、簡単なことじゃないでしょ？」

「そうね。揉《も》め事《ごと》は避けられないと思う。守護竜様の力がなくなることを受け入れられない人もいるだろうし、今までのような平和な日々は送れなくなることで不安になる人もいるでしょう。そんな人たちを纏めていくのは大変だけど、それでもそれぐらい出来なきゃ貴方たちに負けっぱなしになるでしょ？」

そう言ってジョゼットは笑みを浮かべた。自然と浮かべた何も裏のない笑みだと思えた私は釣られるように笑みを浮かべてしまう。

「だから私とルルナに任せて、貴方たちはさっさと旅立ってしまいなさい」

「……うん。私の家族を、故郷をよろしくね。ジョゼット」

「そうと決まったら準備しないとね。レーネちゃんもセスカちゃんも都市を離れるなら早くしないと、都市の皆が勘づいちゃうかもしれないからね」

ルルナが両手を合わせるように叩《たた》いてそう言った。それに対してジョゼットも同意するように頷《うなず》く。

「そうね、悠長にはしてられないわ。二人とも、準備するから、まずここを出るわよ」

「わかったよ」

「これ以上、邪魔をされるのも癪《しゃく》だしね」

ルルナが手を叩いて話を進めるのに合わせて、私たちは動き始める。

洞窟を出る道の途中で、ふと私は後ろへと振り返る。

亡骸《なきがら》は崩れ、泉は埋まってしまった。力はまだ残っているみたいだけれど、ここに初めて来た時に感じた異様な気配は薄れきってしまっている。

胸を撫《な》でれば、自分の内に宿る力を感じ取ることが出来る。その感覚を確かめるように目を閉じてから、私はゆっくりと息を吸った。

「──さようなら、行ってきます」

今までずっと、この都市を守り続けてくれてありがとう、そしておやすみなさい。

微睡《まどろ》むような幸福は終わってしまうけれど、与えられた幸せを忘れないから。

与えられた幸せを胸に、今度は自分たちの意思でこの世界を生きていきます。

もしも、まだどこかで見守ってくれているのだったら、どうかこれからの私たちの行く末を見守っていて欲しい。

そう願いながら、私はもう振り返ることはなかった。

＊＊＊

私とセスカの旅支度はあっという間に終わった。セスカが私を説得し終えた後、すぐ旅に出られる用意をしておくようにジョゼットが指示していたらしい。

そして私たちは名残を惜しむ時間も惜しいと言わんばかりに竜都の外へと出る。

外を隔てるための壁を越えた先にある断崖。その真上から、断崖の先にある景色に目を向けた。

広がった景色は、私が巫子になってから垣間見《かいまみ》た景色とまったく同じものだった。

乾いた赤茶けた大地がどこまでも広がる。

草木どころか命の気配すらも感じられない死の大地。

風が吹けば砂埃《すなぼこり》が舞ってしまいそうな程に荒廃している。

巫子としての感覚で知った時よりも虚《むな》しくて、悲しくなってしまいそうだ。

「これが、外の世界」

ふと、私の隣で世界を見つめていたセスカがぽつりと呟《つぶや》く。セスカの方へと視線を向けると、彼女はいつも通り佇《たたず》んでいる。

「初めて見た感想はどう？」

「そうね。……なんというか、納得したわ」

「納得？」

「生きていくのは簡単なことじゃない。この方が、私が生きていたんだって実感することが出来る」

「辛《つら》くなったり、悲しくなったりはしない？」

「辛くて、悲しいからこそ、この都市は楽園だった。そして、その楽園は決して無償で成り立っている訳じゃない。誰かの願いと力があって成り立っていたのよ」

セスカは真っ直ぐ世界を見つめながら言葉を紡《つむ》ぐ。

そこには怯《おび》えも、落胆もなかった。ただありのままの世界を受け止めて、前に進むことが出来る人がそこにいた。

その横顔に少しだけ嫉妬を覚えてしまう。この強さに私はずっと憧れ続けてきたんだな、って思い知らされてしまうから。

「この景色を見てもセスカはいつも通りなのね」

「そうでもないわよ。そうね、ちょっとだけ、いえ、むしろワクワクしているわ」

「この景色を見て……？　何もなさそうなんだよ？」

「もしそうなら、こんな世界で生きてたってどうしようもないわ。結局はいつか終わる夢に浸るしか幸せがないなんて、本当に最悪でしょ」

「……それは私も嫌だけど」

「だったら期待してみても良いじゃない。どうせ何も変わらないままで腐るより、あるかもしれない可能性を探しに行く方が健全でしょう？」

「凄《すご》い前向きだね」

「こっちの方が何かを変えられる気になるでしょ？」

「……セスカは凄いね。私はそんなに前向きには思えないや。不安ばっかりだよ」

弱音を吐露するように私は呟いてしまう。

すると、セスカが軽く肩を竦《すく》めながら私に言った。

「私が前向きでいられるようにしてくれたのはレーネなのにね。まぁ、ダメにするつもりは毛頭ないけれど、もしダメだったとしてもそれで良《い》いのよ」

「どうして？」

「世界そのものが終わってるってことだもの。人は万能の神様にはなれない。なら、どうしようもないものはどうしようもない」

「身も蓋もない……」

「だから何も救えなくても責任なんてないの。なら期待して、心から楽しんで生きていくしかないでしょう。私たちはこれから自由なんだから」

「自由、か」

　この寂れた世界で、私たちは何かを見つけることが出来るのだろうか。そんなことを考えてしまえば不安ばかりが募る。

　でも、その時はその時と割り切ってしまえるのなら、これから私たちはどこまでも自由でいられるのだ。

　役割を押し付けられることもない。果たさなければならない使命がある訳でもない。

　ただ思うままに生きていく。それならいつまでも落ち込むようなことばかりを考えているのは勿体《もったい》ない。

「よし！　それなら絶対、何か見つけてお土産持って帰らないと！　ジョゼットもルルナも驚くようなものをさ！」

「そうね」

「もし何も見つけられなくても……セスカはずっと一緒にいてくれる？」

「バカね」

「バカ⁉」

「そもそも、私の身体《からだ》をどうにかして治さないとレーネがいないと私は死ぬのよ？」

「あっ、そっか。それならセスカの身体をどうにかする方法も探そうか！」

「……それはいいのだけど、ねぇ？　レーネ」

「何？」

「私の中にレーネのオーラがあるから今の状態が保てでる訳でしょ？」

「そうだね？」

「私はどうやってレーネのオーラを取り込めばいいのよ？」

セスカに問いかけられたことで、私がセスカに何をしたのか思い出してしまった。

必要に駆られていたとはいえ、私はセスカに、その、キスをした訳で。

つい視線がセスカの唇に向いてしまって、心臓が苦しいほどにバクバクしている。

別に意識を向けてこなかっただけで、キスの意味とかもちゃんとわかっている。

でも、あれは手段はあれしかなかったからで、それに私は別にセスカが嫌いな訳ではないし、ちゃんと説明すればセスカも理解してくれると思う！

でも今更、必要だったからセスカにキスしましたなんて言える⁉

(い、言いたくない‼)

こうなったらなんとか誤魔化そう！　そうしよう！

「……レーネ？」

「ひゃいっ⁉」

「どうしたの？」

「な、何でもない！　何でもないから気にしないで！」

「嘘《うそ》つき。何？　そんなに説明するのに動揺する方法なの？」

「あう、あう、えっと、えっと……そう！　そうなの！　手、手だから！」

「手？」

「ずっと手を繋《つな》いでないと、ちょっと難しいから、改めてやると恥ずかしいなぁって！」

「……手ねぇ？」

セスカは訝《いぶか》しげな表情になった後、自然と私の手を取る。それがあまりにも自然だったので、私は次のセスカの動きに反応することが出来なかった。

――そして、セスカは私の手を引っ張って口付けてきた。

咄嗟《とっさ》のことに私は完全に硬直してしまった。

セスカに塞がれた唇の感触がハッキリとわかってしまう。

自分が何をされているのか漸《ようや》く理解して、私は慌ててセスカを突き飛ばそうとする。

けれど、何故《なぜ》かセスカの力が強くて押し返せない。なんとか首を振って唇を離して抗議する。

「セ、セセ、セスカ⁉　なな、なにをするのさ‼」

「ただの確認よ」

「か、確認って何の……⁉」

「朧気《おぼろげ》だったけれど、意識はあったもの。確信まではしてなかったけれどね」

セスカはそう言って、ぺろりと自分の唇を舐《な》めてから笑みを浮かべた。

セスカの笑顔を見た私は呆気《あっけ》に取られて、それからすぐに顔が真っ赤になる程の熱が頬に集まってしまった。

「こ、この……！　意地悪！　陰険！　策士！」

「嘘も下手なのに誤魔化そうとするからでしょ。それに口付けの一つや二つ、減るものでもないでしょ？」

「へ、減りますーっ！　羞恥心とか、乙女心とか、そういう何かがーっ！」

「へぇ、面白い」

「面白い⁉　か、からかわないでよ！」

「はいはい、ごめんなさいね」

私がいきり立っても、セスカはクスクスと笑うだけだ。あぁもう、本当に意地悪な奴《やつ》！

そう思っていると、セスカは私の耳元まで顔を寄せてきた。

「キスが初めてだったら悪いわね。——私も初めてだったから、お相子ってことで」

「ばっ……このっ！　セスカッ！」

「ふふっ、ほら、そろそろ行きましょう」

セスカは楽しそうに笑いながら私の手を引っ張って歩き出す。

セスカに引っ張られながら、どうしてもその手の感触に意識をさせられてしまう。

世界が荒廃しているだとか、そんなことすらも些細《ささい》に感じてしまいそうだった。

「楽しい旅にしましょう？　レーネ」

「……はぁ、退屈はしなそうね」

あぁ、こんなに心底楽しそうなセスカなんて初めて見る。

そう思うと、少しずつ私も楽しいと思えるようになってきた。

これから先、一体何が待っているのだろうか。一人で考えていればぐるぐると不安ばかりが巡ってしまうけれど、そんな不安も吹き飛んでしまった。

それもこれもセスカのせいだ。同時にセスカのお陰なんだ。だから、強く思う。

「セスカ」

「何？」

「これからも一緒にいてね」

私のために命をかけてくれた彼女を失わずに済んで、本当に良かった。

やっぱりセスカの身体を治す方法も見つけたい。彼女がいなくなってしまうかもしれない可能性なんて、そんなの消してしまいたい。

セスカがいてくれるから、私は道を見失わずにいられるのだから。

――たとえ、どんなに希望が見つけにくい世界だとしても、貴方《あなた》と一緒ならきっと。

歩いて行こう、まだ知らない世界を貴方と一緒に、どこまでも。

希望と明日を探して、私たちの旅はこれから始まるのだ。

あとがき

初めましての方は初めまして。お世話になっている方はいつもありがとうございます。鴉《からす》ぴえろです。

この度は『想《おも》いの重なる楽園の戦場。そしてふたりは、武器をとった』を手に取ってくれてありがとうございます！

富士見《ふじみ》ファンタジア文庫様から出版する二作目となりましたが、楽しんで頂けたのであれば幸いであります！

今回は理想に憧れる心優しいレーネと、天才である故に憂いを抱いているセスカ、この二人が現実と理想の間で惑いながらも、それぞれの想いを貫こうとするお話です。

一見正反対のように見えて、だからこそお互いがよく見えている二人。そんな彼女たちの活躍が読者の皆様にはどう見えたのか、ドキドキしております。

本作は担当編集様と長いことアイディアを練っていた作品であり、構想の段階で何度もマイナーチェンジを果たして形になった作品です。

なので、こうして世に送り出せて一安心しているところでございます。

レーネとセスカの物語は楽園からの旅立ちで幕を引いておりますが、最後で結んだ通り、彼女たちの物語は終わりであるのと同時に始まりでもあります。

楽園を出ることを選んだ彼女たちに一体どんな世界が待ち受けているのか。そんな想像の羽根を広げて頂けたのであれば、作者として嬉《うれ》しく思います。

話は変わりますが、本作と同日に最新刊が発売している前作『転生王女と天才令嬢の魔法革命』ですが、こちらのアニメ化も決まりました！

未読の方は是非とも手に取って頂ければ！　そして、よろしければ本作も引き続き応援をよろしくお願いします！

本作を一緒に作り上げてくれた担当編集様、そして素敵なイラストでキャラと世界観を彩《いろど》ってくれたみきさい先生、そして応援してくれる読者の皆様。多くの方々から力を頂けているからこそ、こうして作品を世に送り出せています。

改めて、心からの感謝を！　願わくは楽園のその先の物語で、また皆様とお会い出来ることを祈りながら、あとがきの筆を置かせて頂きます。

鴉　ぴえろ

お便りはこちらまで

〒一〇二―八一七七
ファンタジア文庫編集部気付
鴉ぴえろ（様）宛
みきさい（様）宛

富士見ファンタジア文庫

想《おも》いの重《かさ》なる楽園《らくえん》の戦場《せんじょう》。
そして ふたりは、武器《ぶき》をとった

令和4年8月20日　初版発行

著者——鴉《からす》ぴえろ

発行者——青柳昌行
発　行——株式会社KADOKAWA
〒102-8177
東京都千代田区富士見2-13-3
0570-002-301（ナビダイヤル）
印刷所——株式会社暁印刷
製本所——本間製本株式会社

ISBN978-4-04-074653-1 C0193　◇◇◇

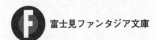

切り拓け！キミだけの王道
ファンタジア大賞
原稿募集中！
賞金
《大賞》300万円
《金賞》50万円
《銀賞》30万円
選考委員
細音啓「キミと僕の最後の戦場、あるいは世界が始まる聖戦」
橘公司「デート・ア・ライブ」
羊太郎「ロクでなし魔術講師と禁忌教典《アカシックレコード》」
ファンタジア文庫編集長
前期締切 8月末日
後期締切 2月末日
公式サイトはこちら！ https://www.fantasiataisho.com/
イラスト／つなこ 猫鍋蒼 三嶋くろね